Mark Kuntz

Der letzte Raucher

Kindler

1. Auflage September 2006

Umschlaggestaltung any.way, Barbara Hanke/Cordula Schmidt
(Illustration: Gerd Huss)
Satz aus der Swift PostScript, InDesign,
von Pinkuin Satz und Datentechnik, Berlin
Druck und Bindung GGP Media GmbH, Pößneck
Printed in Germany
ISBN 13: 978 3 463 40502 5
ISBN 10: 3 463 40502 4

Gegen den Dirk

Prolog

Ich hätte gar nicht erst kommen sollen, das war der Fehler. Ich hätte ruhig und freundlich absagen sollen. «Tut mir wahnsinnig leid, aber an dem Abend kann ich nicht» oder so ähnlich, das hätte als Erklärung völlig ausgereicht, und mir wäre eine Menge Ärger erspart geblieben.

Der Dirk gehört zu der Sorte Mensch, die man kennt, ohne zu wissen, warum. Man kann sie nicht leiden, kennt sie aber trotzdem, trifft sich sogar sporadisch mit ihnen. Eine perverse Beziehung im Grunde. Vor zwei Tagen hatte mich der Dirk angerufen und mit seiner unerträglich aufgeräumten Art «ganz spontan» zum Essen eingeladen. Gerade weil Spontaneität das Letzte ist, was man dem Dirk nachsagen kann, hatte der Dirk sich ganz spontan überlegt, am Sonnabend ein «super Essen» zu machen, «zu sechst oder zu acht, mal sehen», und hinterher könne man ja noch «um die Häuser ziehen». Wenn ich etwas hasse, dann sind es Leute, die hinter was auch immer noch gern «um die Häuser ziehen». Bin ich erst mal irgendwo, dann bleibe ich auch gerne da.

Hinzu kam, dass der Dirk vor sechs Wochen mit dem Rauchen aufgehört hatte – jedenfalls behauptete er das – und ich mit hoher Wahrscheinlichkeit damit konfrontiert sein würde, ein mehrgängiges Essen ohne Zigaretten durchstehen zu müssen. Selbstverständlich fand es der Dirk degoutant, dass jemand in seiner Gegenwart rauchte, jetzt, wo er offiziell damit aufgehört hatte. Zwanzig Jahre lang hatte der Dirk den überzeugten Raucher gegeben und ungefähr jede Location, in der er sich befand, schnittfest zugebarzt. Leute, die das störte, aber nichts sagten, waren für den Dirk «Klemmis». Leute, die das störte und die es auch sagten, «Spießer». Ich hätte den Dirk gerne gefragt, wo er sich denn jetzt selbst einordnen würde auf dem Kontinuum zwischen Klemmis und Spießern. Aber dafür war es nun zu spät.

Warum trifft man sich mit Leuten, wenn man absolut keinen Bock auf sie hat? Ich weiß es nicht. Vermutlich aus Höflichkeit und mangelnder Geistesgegenwart. Da ich auch nur von dieser Welt bin, sagte ich höflich und völlig geistesabwesend: «Prima Idee, Dirk, da freue ich mich.» Und schon saß ich in der Falle.

Ich kann es nicht beweisen, bin mir aber im Nachhinein absolut sicher, dass der Dirk an diesem Abend außer mir absichtlich nur Nichtraucher eingeladen hatte, obwohl ich genau weiß, dass er nach wie vor über eine Reihe tadellos vergilbter Kettenraucher in seinem Bekanntenkreis verfügt. Er wollte mich vorführen und demütigen und gleichzeitig seine frisch erworbene Unabhängigkeit von der Sucht zelebrieren. Nur darum ging es ihm an diesem Abend, davon bin ich überzeugt, sonst hätte er mich nicht eingeladen. Er wollte sichergehen, dass er mit seinem neuen Lifestyle auf der richtigen Seite war, und dafür brauchte er jemanden, den er als Suchtpersönlichkeit, als Outcast präsentieren konnte. Und ich Idiot hatte mir gesagt: Gut, dann gehst du halt hin, der Dirk kocht ja nicht so schlecht, und um wie viele Häuser du anschließend noch ziehst, kannst du ja immer noch selbst entscheiden.

Als ich eintraf, fiel mir schon unangenehm auf, dass der Dirk frisch gestrichen hatte – die ehemals pechschwarzen Nikotinwinkel seiner Wohnung strahlten jetzt in jungfräulichem Weiß. Demonstrativ hatte der Dirk ein paar Joggingklamotten im Flur «liegen gelassen» und empfing mich mit duschnassen Haaren, als ob er gerade vom Sport gekommen wäre. Eine ärgerliche Posse, außer Hallen-Jo-Jo hat der Dirk in seinem Leben nachweislich keinen Sport getrieben.

Zu essen gab es ganz passabel zubereitete Produkte aus dem Mittelmeerraum, dazu viel Mineralwasser und wenig Wein – was mir an dieser ganzen abgeschmackten Inszenierung mit Abstand am meisten auf den Keks ging. Bei einem mehrgängigen Essen brenne ich mir, salopp gesagt, gerne mal einen. Und ich kann es nicht ausstehen, wenn Gastgeber die zur Verfügung stehende Alkoholmenge rationieren beziehungsweise nach Gutsherrenart zuteilen. Eine unerhörte Bevormundung, zumal gerade solche Leute gerne über ihre Kochkünste und ihren vorzüglichen Weinkeller schwadronieren und dabei stundenlang vergessen nachzuschenken. Und ich komme nicht annähernd auf die Blutalkoholkonzentration, die ich dringend benötige, um diese Art von eitlem Gewäsch zu ertragen.

Der Dirk, den ich früher oft genug bei Morgengrauen mit nach innen gedrehten Hacken aus Bars mit Nachtlizenz geschleift habe, teilte natürlich selber zu, und zwar in kleinen Dosen.

Er habe da kürzlich ein kleines, aber feines Weingut in der Pfalz entdeckt und wolle uns nacheinander den Grauburgunder, dann den Weißburgunder Kabinett und abschließend die Spätlese kredenzen, da erlebe man Glas für Glas, was so ein Weingut wirklich drauf habe, «und, Freunde, achtet mal drauf, wie das Akazienaroma vom Grauen über den Weißen bis zur Spätlese immer feiner wird, echt eine Freude».

Quatsch nicht, schenk ein, dachte ich und musste wütend zusehen, wie der Dirk den nächsten Degustations-Schluck eingoss – eine Menge, die unter anständigen Leuten bestenfalls als Bodendecker durchgehen würde. Ich nahm meinen Schluck und saß schon wieder auf dem Trockenen.

Erschwerend kam hinzu, dass ich spätestens nach dem zweiten Gang brutal auf Entzug war. Im Normalfall hätte ich schon zum Aperitif zwei bis drei Zigaretten geraucht, zwischen dem ersten und zweiten Gang zwei weitere und dann, vor dem Dessert, die fünfte bis siebte. Das wusste der Dirk genau und fing deshalb mit dem Thema an: Wie lange er geraucht und eines Tages dann einfach aufgehört habe und – ich kannte den verlogenen Höhepunkt seiner Erzählung bereits – überhaupt nichts vermisst habe, absolut nichts! Im Gegenteil! Das gesteigerte Geschmacks- und Geruchsempfinden sei ein Erweckungserlebnis gewesen. Er habe ja immer schon gerne gut gegessen und gekocht, aber seit er nicht mehr rauche, habe er seine große Leidenschaft zum zweiten Mal entdeckt. Das Allerschönste aber sei – und an der Stelle sah der Dirk lange und versonnen in seinen verschissenen Weißburgunder, schloss kurz die Augen, nippte am Glas und fuhr fort –, das Allerschönste sei diese unglaubliche Freiheit, so wie jetzt einfach mit netten Leuten bei einem guten Essen und einem schönen Weinchen (Weinchen!) zu sitzen, ohne schon wieder nach der nächsten Kippe zu jiepern.

Eine leicht zu durchschauende Provokation. Einerseits hatte ich große Lust, den Affen einfach ins Leere laufen zu lassen und den ganzen Abend ruhig, nett und freundlich ohne Tabak zu verbringen. Sieh mal, Dirk, eine meiner leichtesten Übungen. Hätte ich machen können. Aber warum sollte ich mich auf diese Ebene herablassen? Das hatte ich nicht nötig. Dachte ich.

Also sagte ich: «Dirk, super Essen, toller Wein, ich gehe mal gerade eine rauchen. Hast du einen Ascher auf dem Balkon oder irgendwas in der Art?»

Die Frage passte dem Dirk nicht. Wahrscheinlich verfluchte er sich schon für die Tatsache, dass er überhaupt einen Balkon hatte, der mir diese Fluchtmöglichkeit eröffnete. Ich wette, wenn es ihm zeitig genug eingefallen wäre, hätte er schnell noch eine neue Wohnung ohne Balkon angemietet. Nur für mich. Denn was der Dirk jetzt, in diesem Augenblick, dringender als irgendetwas brauchte, war eine gottverdammte Zigarette, das war so sicher wie das Amen in der Kirche. Der Dirk war ein Suchtbolzen vor dem Herrn, aber das durfte und wollte er sich nicht eingestehen. Stattdessen zog er eine süßsaure Fresse, überlegte kurz und grinste dann schief. «Du, das ist ganz schlecht, ich habe das ganze Zeug schon vor Wochen entsorgt.» Er verschränkte die Arme vor der Brust und sah in die Runde. Der Dirk suchte jetzt Streit, keine Frage.

Ich streite mich außerordentlich ungern, vor allem mit Männern. Schon wenn sich eine Auseinandersetzung andeutet, denke ich sie bis zur letzten Eskalationsstufe weiter, sehe mich sofort in eine Schlägerei verwickelt und bekomme schlichtweg Angst. Dabei bin ich kein Hemd, ich bin 1,90 groß und wiege 85 Kilo. Es ist nur so, dass ich mich in meinem Leben noch nie mit jemandem geprügelt habe, auch als Kind nicht.

Das Schweigen in der Runde fing an, von peinlich betreten in qualvoll zu changieren. Ich musste jetzt etwas sagen. «Kein Problem, dann nehme ich den großen.» Das war weder schlagfertig noch geistreich, aber bitte: Der Balkon vom Dirk würde ja vermutlich weder Parkett noch Auslegeware aufweisen, und ich wollte jetzt definitiv eine rauchen – mit oder ohne «Aschi», wie der Dirk früher zu sagen pflegte.

Der Dirk blickte entschuldigend in die Runde, als ob er umständehalber einen Bombenleger oder Pornoschmuggler bei sich beherbergen würde, dann sah er mich an, und sein Blick verriet, dass er mir nichts sehnlicher wünschte als ein Bronchialkarzinom mit besonders langem und schmerzhaftem Verlauf.

«Dann nimm halt diese Untertasse», sagte er nach einer weiteren Gesprächspause muffig. «Aber bring sie nachher bitte wieder mit rein und stell sie in den Geschirrspüler.» Er hätte auch sagen können: «Wenn du Häufchen machen musst, nimm bitte Schaufel und Besen mit.»

Dirk, Dirk, Dirk, was bist du nur für ein armer kleiner Wicht, dachte ich, als ich auf dem Balkon stand und das vertraute pappig-weiche Gefühl zwischen Zeige- und Mittelfinger spürte. Ich führte den trockenen Filter an die Lippen, stellte mich gegen den Wind, hielt die Hand schützend vor das Feuerzeug und erfreute mich an dem bernsteinfarbenen Leuchten der Flamme. Und wie schön der frisch entzündete Tabak glomm!

Es gibt ja rhetorisch praktisch keine Möglichkeit, dem Ultrakitsch zu entkommen, wenn man die Freuden des Rauchens beschreibt: Die Freuden des Rauchens an sich sind kitschig. Es war ja auch zu schön: Drinnen saß der Dirk und versuchte verzweifelt, sich als Nichtraucher zu inszenieren, und ich stand draußen, spürte langsam das Nikotin von den Fußspitzen bis unter die Schädeldecke hochkriechen und war einfach nur glücklich. Na, zumindest weniger verärgert als noch kurz zuvor. Es wäre ja völlig okay, wenn unter sechs Gästen fünf rauchen würden und man den einen Nichtraucher für die Zeit, in der bei Tisch geraucht würde, auf den Balkon bitten würde, weil die Qualmbelästigung dem armen Menschen nun wirklich nicht zuzumuten wäre. Aber ein Raucher und fünf andere? Echt so schlimm?

Wie dem auch sei. Wenn ich schon so bescheuert war, zu einem Abendessen zu gehen, bei dem ich als Raucher zwar geladen, aber nicht erwünscht war, dann würde ich eben rausgehen. Aber dann wollte ich vom Dirk nicht noch dumme Begleittexte hören. Es wäre anständig gewesen, hätte er gesagt: «Mensch, finde ich ja total nett, dass du zum Rauchen rausgehst. Soll ich dir meine Strickjacke leihen, magst du ein Heißgetränk?» Aber um Anstand schien es ihm nicht zu gehen.

Selbst wenn sich die Raucher vor die Tür stellen, sind die Nichtraucher unzufrieden: Sie haben sich den Kampf gegen das Rauchen auf die Fahnen geschrieben, sie wollen, dass niemand mehr raucht. Warum eigentlich? Wenn ich aufgrund äußerer Umstände gerade keinen Sex haben kann, beschwere ich mich doch auch nicht über Menschen, die welchen haben. Was soll das?

Ich steckte mir noch eine an, obwohl der Dirk sicher schon dabei war, seinen Nachtisch zu kredenzen. Irgendwas stimmt nicht in unserer Gesellschaft. Es kann nicht sein, dass ich in vorauseilendem Gehorsam auf den Balkon gehe und auf dem Weg dahin noch ein Bein gestellt bekomme. Ich schnippte auch die zweite Kippe über die Brüstung, seine Untertasse konnte sich der Dirk sonst wo hinstellen, und wenn Beschwerden kämen, würde ich sagen, der Dirk sei's gewesen. Der versuche mit dem Rauchen aufzuhören, komme aber einfach nicht los von dem Teufelszeug, er leide, er versuche alles, packe es aber einfach nicht. Armer Dirk, geht zum Rauchen heimlich auf den Balkon.

Gerade stellte ich mir vor, wie ich den Dirk und seine neuen Freunde zum Essen einladen und die ganze Bagage zwischen den Gängen zum Frischluftinhalieren auf meinen zugigen und gerade mal einen Quadratmeter großen Balkon schicken würde, da entdeckte ich in einer Nische einen Karton. Ich sah ihn mir genauer an. Château Margaux, 1997, Crus Bourgeois. Ach nee, der Dirk, guck mal einer an. Hielt den halben Abend Vorträge darüber, dass ein guter Tropfen nicht notwendigerweise teuer sein müsse und man schon für fünf Euro erstklassige Gewächse bekomme, wie das Beispiel des Pfälzers beweise, und jetzt das. Ich bin kein Weinkenner, aber der Pfälzer war mir schon den ganzen Abend etwas sauer runtergegangen, und der Franzose hier war unter fünfundzwanzig Euro garantiert nicht zu kriegen. Ich zog eine Flasche aus dem Karton, wickelte mein T-Shirt um den Flaschenhals und schlug ihn mit einem sauber gesetzten und fast geräuschlosen Hieb an der Balkonbrüstung ab. Eine Technik, die ich mir einmal bei einer Jugendgruppenfahrt angeeignet hatte und auf die ich heute noch stolz bin. Die Kunst besteht zum einen darin, keinen Lärm zu machen, damit der Betreuer (beziehungsweise der Dirk) nichts von dem Gelage mitkriegt, zum anderen, den Hals so sauber abzuschlagen, dass man nichts verschüttet und die Flasche ohne Verletzungsgefahr ansetzen kann. Ich fuhr mit dem Mittelfinger über die Bruchstelle und stellte mit Befriedigung fest, dass ich nach all den Jahren nichts verlernt hatte.

Oft sind es ja die kleinen, scheinbar nebensächlichen Fertigkeiten, die einem besondere Freude im Leben bereiten. Ich sah kurz in die Wohnung, alles in Ordnung. Mein Urteil nach den ersten, groben Schlucken: ein guter Wein, auch wenn ein, zwei Stunden Dekantieren ihm sicher gut getan hätten, aber so lange konnte ich beim besten Willen nicht warten. Dachte ich. Noch eine rauchen, noch einen Schluck Wein, und ich müsste wieder rein. So, Filter heiß geraucht, weggeschnippt. Raucher sind schon Schweine. Aschen überallhin, schmeißen ihre Kippen durch die Gegend. Na.

Menschen, die mit völlig falschen Erwartungen durchs Leben gehen, wirken oft lächerlich. Zum Beispiel jemand, der bei Eisregen das Haus verlässt und trittfesten Boden erwartet: Beherzt macht er den ersten Schritt und – zack! – reißt es ihm die Füße an die Nasenspitze. Erstaunlich lange schwebt er waagerecht in der Luft, rudert lustig mit den Armen, bis er schließlich aus gut einem Meter Höhe schmerzhaft auf dem Steißbein landet. Ängstlich sieht er sich um, ob es Zeugen für sein Malheur gibt, rappelt sich auf und schlägt erneut hin. Ganz anders, aber dann doch wieder ganz ähnlich muss es ausgesehen haben, als ich schwungvoll die Balkontür öffnen und die Küche vom Dirk betreten wollte. Ich verstauchte mir fast die Hand an der Türklinke und stieß mit meinem Zinken gegen Glas. Dahinter völlige Dunkelheit.

«Witzig, Dirk.» Ein lupenreiner Sextanerscherz. Das

Problem war nur, dass Sextanerscherze zwar absolut drittklassig sind, aber tadellos funktionieren. Was sollte ich jetzt tun? Wütend schreien und gegen die Tür poltern verbot sich, weil das genau die Reaktion ist, auf die die Sextaner, während sie prustend hinter der nächsten Ecke stehen, warten. Also tut man ihnen den Gefallen nicht und wartet seinerseits. Was genauso bescheuert ist.

Ich wartete, aber die Sextaner kamen nicht heraus. Als ich beide Hände vorsichtig auf die Fensterscheibe legte und mein Gesicht ganz fest darauf presste, dachte ich immer noch, dass die spaßige Runde völlig überraschend von links und rechts der Balkontür mit lauten «Hä-hä-hä-reingelegt!»-Rufen hervorspringen würde.

Nichts. Die Wohnung war dunkel, auf dem Tisch qualmten noch ein paar ausgepustete Kerzen, das war alles.

Bei aller Genusssucht sind Raucher ja auch nüchterne, pragmatisch denkende Menschen. Also überlegte ich: Entweder hatte mich der Dirk vorsätzlich ausgesperrt, oder er und seine puppenlustige Runde hatten mich schlichtweg vergessen. Ehrlich gesagt, wäre mir die erste Variante lieber gewesen: Es ist besser, einen ehrlichen Feind zu haben, als einfach vergessen zu werden. Das kennt man aus der *Bild*-Zeitung: «Gemein: Mann vergisst seine Frau auf Autobahnraststätte». Unterzeile: «Und merkt es erst nach einer Woche Urlaub.» Vergessen zu werden ist schlimmer, als angespuckt oder geschlagen zu werden, weil man sich nicht dagegen wehren kann.

Ich beschloss, Ruhe zu bewahren. Als vielseitig interessierter Mensch wäre ich sicher in der Lage, auch eine Nacht auf einem Balkon gewinnbringend zu verleben. Es gab nur ein paar kleine Probleme, eins davon war: Der

Dirk hat einen Balkon, der nur in der äußersten linken Ecke überdacht ist, und für die Nacht war ein nordatlantischer Tiefausläufer mit Graupelschauer und Minustemperaturen vorhergesagt. Das wäre nicht gut für den Rotwein. Ich würde mich warm anziehen müssen. Aber das war ich als Raucher ja gewohnt.

1 Draußen vor der Tür

22 Uhr 31: noch 28 Zigaretten

Ich habe keine Erfahrung mit solchen Situationen, aber ich muss schon sagen, dass man im ersten Augenblick ziemlich dumm dasteht. Trotzdem haben derartige Szenarien ja den Vorteil, dass man völlig auf sich selbst zurückgeworfen ist und eine Menge über sich herausfindet. Ich hätte zum Beispiel nie angenommen, dass die erste Frage, die ich mir auf dem Balkon stelle, ist, wo ich hinschiffen kann, wenn es dringend notwendig wird. Und es wird dringend notwendig werden in dieser Nacht, daran gibt es keinen Zweifel. Schnell entdecke ich den Zitronenbaum, von dem der Dirk noch gerade ausführlich schwadroniert hat: «Einfach nur die Augen schließen, das Aroma einatmen und vom Mittelmeer träumen, herrlich. Das ist mir auch entgangen, als ich noch gequalmt habe.» Der Baum wird nicht austrocknen, möglicherweise wird er sogar überdüngt werden, das ist schon mal geklärt.

Die zweite, rückblickend betrachtet ebenso nachgeordnete Frage hat sich ja schon geklärt, kurz bevor ich ausgesperrt wurde, nämlich ob ich genug zu trinken haben würde. Der alte Margaux würde mich mit hundertprozentiger Sicherheit bei Laune halten. Die einzige wirklich relevante Frage fällt mir erst jetzt, an dritter Stelle, ein, was nur damit zu erklären ist, dass ich unter Schock stehe: Wie viele Zigaretten habe ich dabei? Notdurft, Alkohol und erst dann Zigaretten? Was ist mit meiner Bedürfnisstruktur passiert? Ich muss cool bleiben und mich konzentrieren. Wie jedem geschulten Raucher reichen mir zwei Handgriffe, um mich zu vergewissern. Ich fasse mit der rechten Hand an die linke Innentasche meines Sakkos und spüre leicht alarmiert eine deutlich zur Neige gehende Packung, deren Inhalt ich blind auf sieben bis maximal neun Zigaretten taxiere. Der Griff mit der linken Hand an die rechte Innentasche beruhigt mich sofort: Beglückt fühle ich eine harte, frische, eindeutig original verpackte Schachtel.

Das wäre doch mal was für «Wetten, dass …?»: Der letzte Raucher wettet, dass er den Inhalt von zehn Schachteln Zigaretten durch seine Sakkotasche ertasten kann. Mal gucken: Tatsache! Neun Stück in der angebrochenen plus neunzehn in der frischen Automatenpackung, macht achtundzwanzig Stück, abzüglich einer, die ich mir aus Freude über mein kleines Kunststück sofort anzünde, also siebenundzwanzig. Keine üppige, aber eine solide Grundlage. Zumindest kein Grund zur Panik.

Gut, so weit habe ich wieder Oberwasser. Zeit zum Nachdenken. Raucher rauchen ja, behaupte ich, um in Ruhe nachdenken zu können. Sie sind hypernervöse Phlegmatiker, daher brauchen sie etwas in der Hand und zwischen den Lippen, um ihre Nervosität in den Griff zu bekommen. Das Nikotin bringt ihr verschnarchtes Nervensystem auf Trab.

Was kann ich tun, um mich von diesem Balkon zu befreien? Ich kann laut um Hilfe rufen. Jemand benachrichtigt die Feuerwehr, sie rückt an und sperrt die Kreuzung vor Dirks Haus ab. Die Jungs vom Löschwagen fahren die

Leiter aus, im Haus gegenüber stehen Eltern mit ihren Kindern in warmen Frottébademänteln, und der mutigste der Feuerwehrmänner klettert unter Lebensgefahr die zwölf Meter lange Leiter hoch. Knapp oberhalb der Brüstung taucht sein Helm auf. Er fragt:

«Wie ist die Lage?»

Ich schildere ihm so gut ich kann, was vorgefallen ist: dass ich beim Dirk zum Essen eingeladen gewesen sei, eigentlich gar nicht hätte kommen wollen, mich dann aber doch aufgerafft hätte und zwischendurch zum Rauchen auf den Balkon gegangen sei. Und dass ich zum Schluss vor verschlossener Balkontür gestanden hätte.

«Das ist ja ein Ding», sagt der wackere Mann und schiebt sich seinen riesigen Helm in den Nacken. Über Funk lässt er sich etwas mehr Leiter geben, steigt zu mir auf den Balkon und bittet mich, ihm den Sachverhalt noch einmal ganz genau zu schildern. Zwischendurch informiert er die Kollegen über Funk: «Augenblick noch, ich muss hier oben erst mal die Lage klären.»

Dann setzt mein Retter seinen Helm ab, holt tief Luft und sagt: «Weißt du eigentlich, wie oft ich schon mein Leben riskiert habe, um unschuldige Menschen aus den Flammen zu retten, nur weil so Typen wie du», und dabei blickt er mich mit seinen kalten Augen verächtlich an, «nur weil so Scheißtypen wie du mit ihrer Scheißkippe in ihrem Scheißbett eingeschlafen sind? Weißt du das eigentlich?»

Nein, das weiß ich nicht, ich weiß auch nicht, dass wir uns duzen, der Feuerwehrmann und ich. Ich sage jetzt besser nichts, der Mann ist ja völlig außer sich. Ich rauche jetzt auch besser nicht, das wäre ganz unklug.

«Typen wie dich sollte man ...» Ich will dem Mann

helfen, die richtigen Worte zu finden, weiß aber nicht genau, was er meint.

Der gute Mann nuschelt «Abbrechen und abrücken!» in sein Funkgerät, rückt seinen Helm zurecht, klettert über die Brüstung, steigt auf die Leiter und sieht mich ein letztes Mal an. Er will noch etwas sagen, schüttelt aber nur den Kopf und macht sich auf den Rückweg. Auf den benachbarten Balkonen stehen immer noch Mütter und Väter mit ihren Kindern auf dem Arm. Die Kinder blicken ihre Eltern mit großen, fragenden Augen an. Die wenden sich kopfschüttelnd von mir ab, einer der Väter zeigt mir den Finger. Die Feuerwehrleute sehen noch einmal zu mir hoch, bevor sie mit ihrem großen roten Auto davonfahren.

Als alle weg sind, die letzten Balkontüren wieder verschlossen und diese furchtbare Vision vorbei ist, fühle ich mich tatsächlich sehr einsam, ausgeschlossen und geächtet von der Gesellschaft. Ich fühle mich wie der letzte Raucher auf Erden. Einer von vielen fröhlichen, einstmals hoffnungsvoll in die Zukunft aufgebrochenen Menschen, der sich jetzt, als letzter Vertreter einer aussterbenden Spezies, nachts auf einem Balkon wiederfindet. Der letzte Raucher. Aber immerhin einer mit siebenundzwanzig Zigaretten. Hätte schlimmer kommen können. Neunzehn Zigaretten zum Beispiel, das wäre nicht annähernd so gut. Oder neun, echt nicht lustig. Oder nur noch sechs oder vier. Gar nicht auszudenken. Und überhaupt. Die übelsten Brandstifter sind sowieso ehemalige Feuerwehrleute, das weiß man doch aus der Zeitung.

2 Die Zigarettenfee

22 Uhr 49: noch 26 Zigaretten

Kann sich noch jemand an die Zwei-plus-Vier-Verhandlungen erinnern? Oder an die 18plus-Kampagne der FDP? Agenda 2010? Jetzt haben wir Hartz IV. Irgendwie suggerieren solche Zahlenslogans Solidität und Sicherheit.

Meine ganz persönliche Zauberformel lautet 19 plus sieben, wobei der Sieben eine besonders wichtige Bedeutung zukommt. Nicht als magische Zahl, sondern unter dem Aspekt der Versorgung und Zukunftssicherung. Und darum geht es ja heutzutage angesichts bankrotter Renten- und Sozialkassen.

Die Sieben gibt mir deshalb so viel Sicherheit, weil sich noch lange nicht das Ende meiner Zigarettenpackung abzeichnet. Wer weiß, vielleicht habe ich in der nächsten Stunde überhaupt keine Lust zu rauchen, dann verfüge ich kurz vor Mitternacht immer noch über «19 plus sieben» und bin im Prinzip schon aus dem Gröbsten raus. Wenn mich umgekehrt in der nächsten Stunde ein entfesseltes Nikotinbedürfnis mit sagen wir mal fünf Zigaretten packt, ist eine Schachtel zwar fast leer, aber eben nur fast. Ich müsste noch nicht mal ans Eingemachte gehen. Und wer kann das in Zeiten von Wirtschaftsflaute, Nullrunden bei Löhnen und Gehältern und unsicheren Renten schon von sich behaupten? Ich habe das gute Gefühl, etwas auf der «hohen Kante» liegen zu haben.

19 plus sieben – was soll ich sagen? Es geht mir gut. Jetzt muss nur noch das Wetter mitspielen. Für Anfang April ist es erstaunlich sommerlich, beinahe etwas schwül. Wenn es so bleibt, muss ich mir keine Sorgen machen.

Was ja nicht der Normalzustand im Leben eines Rauchers ist. Wie oft habe ich mich zu äußerst ungünstigen Tageszeiten ohne Tabakwaren und automatenfähiges Hartgeld in den eigenen vier Wänden befunden! Eine unerfreuliche Situation, gar nicht mal so sehr, weil der Entzug droht, sondern weil es ärgerlich und unprofessionell ist, um Mitternacht dumm und mittellos wie ein Schüler in der eigenen Wohnung herumzustehen und völlig abgebrannt zu sein. Ein echter Raucher muss wissen, dass er drogenabhängig ist, und er kann nicht so tun, als ob es sich um einen Spaß oder eine vorübergehende Grille handelt.

Die Rolling Stones, nebenbei die größten Profis aller Zeiten, haben damals, als Keith Richards an der Nadel hing, ihre Tour im Wesentlichen danach ausgerichtet, in welcher Stadt ihr Gitarrist die zuverlässigsten Dealer vorfinden konnte. Sie haben sich ganz pragmatisch und professionell dem Thema gestellt, gründlich recherchiert und ein perfekt funktionierendes Netzwerk entwickelt: Abreise Tokyo 0 Uhr 40, eine Stunde vorher kommt Tashimo Mokoyama mit ein paar Gramm ins Hotel, Ankunft Melbourne 9 Uhr 40, Davy Brennt wartet am Check-out mit der nächsten Lieferung und so weiter. So macht man das. Aber der letzte Raucher? Steht gern mal ein paar Stunden nach Ladenschluss mit nach außen gekehrten Hosentaschen in seiner Wohnung und blickt ratlos in die Dunkelheit der Nacht.

Es wäre ja ein Leichtes, zu jedem Zeitpunkt mindestens anderthalb Stangen vorrätig zu haben. Den wenigsten Rauchern gelingt das aber. Der Grund dafür ist, dass Raucher sich völlig zu Recht chronisch übervorteilt fühlen, wenn nicht gar über den Tisch gezogen, müssen sie doch zeit ihres Lebens einen lächerlich hohen, letztlich dem Bereich der Phantasie oder, was noch schlimmer ist: dem Bereich der Politik, nein, es geht noch schlimmer: dem Bereich der Gesundheitspolitik entstammenden Preis für das Produkt ihrer Wahl zahlen. Und trotzdem, so gegen Mitternacht, ohne Tabakwaren und automatenfähiges Hartgeld, wären die meisten Raucher dankbar bereit, Beträge im dreistelligen Bereich für eine Packung Zigaretten, egal, welcher Marke und Herkunft, zu zahlen.

Das Problem ließe sich präventiv lösen, indem Raucher einfach Zigaretten kaufen, solange sie noch welche haben. Ein völlig normaler Vorgang, wie wenn man am Samstagmittag nur noch wenig Milch und Butter im Kühlschrank hat und ganz entspannt für das Wochenende einkaufen geht. Aber Raucher ticken eben anders: Sie finden einen Ladenpreis von rund vier Euro obszön, solange sie noch Stoff haben, und kaufen deshalb keinen neuen. Da kommt der Stolz ins Spiel. Sie haben es verdammt nochmal nicht nötig, diesen künstlichen, durch eine verfehlte und mit lächerlichen Kampagnen gesteuerte Gesundheitspolitik zustande gekommenen Utopie-Preis zu zahlen. Daher sagt sich der letzte Raucher: Es ist 17 Uhr 30, und ich habe noch sechs Zigaretten, das wird ja wohl reichen.

Um Mitternacht sind diese sechs Zigaretten natürlich schon lange durch den Schornstein gejagt, und die Nerven liegen blank. Der letzte Raucher sieht sich mit der unangenehmen Tatsache konfrontiert, abhängig zu sein. Wer will das schon wahrhaben? Er verflucht sich für jede Stunde des vergangenen Tages, die er nicht dazu genutzt hat, auf völlig normalem Wege eine Packung oder gleich eine Stange Zigaretten zu kaufen. Jetzt steht er da, knetet einen Zehn-Euro-Schein in der Hand und wünscht sich, es gäbe so etwas wie eine Zigarettenfee, die man in jeder Notlage per Fingerschnipp herbeizaubern könnte. Es wäre natürlich keine weiße engelhafte Fee, sondern eine coole Fee in Jeans, beige Wildlederstiefeln, T-Shirt und Lederjacke mit einer Zigarette im Mundwinkel: Lässig schnappt sie sich im Landeanflug den Zehner und fliegt weiter, verwandelt ihn am nächsten Automaten in Goldstaub, woraufhin sich der Automatenschacht wie von Zauberhand öffnet und zwei frische, original verpackte Schachteln ausspuckt, die die Fee einsammelt und dem letzten Raucher bringt. Und gern noch auf eine Zigarette und ein Glas Wein bleibt, muss aber nicht sein, Hauptsache, die Zigaretten bleiben da.

Ich weiß noch genau, wie mir mal in einer heftig verschneiten Februarnacht die Zigaretten ausgegangen sind. Ich stand am Fenster und hielt einen Zehnmarkschein in der Hand. Die Packung hat damals vielleicht vier Mark gekostet, ich weiß es nicht mehr so genau, auf jeden Fall war mein Zehnmarkschein nicht eben mal in ein oder zwei Packungen zu verwandeln. Und es war wie gesagt Februar. Die Temperaturen waren unter null gesunken, dicke Schneeflocken fielen vom Himmel und verwandelten die graue Stadt in kuschelige Zuckerhäuschen.

Ich hätte gern wild im Schnee herumgetollt, aber ich hatte Wichtigeres zu tun: Ich musste den Zehner klein machen. Und zwar ohne Zigarettenfee. Ich ging nach draußen, steuerte auf eine Kneipe zu, die noch offen hatte. Kurz vor Betreten des Ladens rutschte ich auf dem frischen Schnee aus und sah danach aus wie ein Penner, der gerade auf frischem Schnee ausgerutscht ist und fragt, ob jemand mal vier Mark hat (und nicht, ob jemand ihm einen Zehner wechseln kann). Zumindest sah mich die Bedienung so an. Als ich wieder draußen war, immer noch mit einem Zehnmarkschein und ohne Kleingeld, fragte ich eine Frau, die gerade vorbeikam: «Entschuldigung, könnten Sie mir vielleicht ...» – zu mehr kam ich nicht, weil sie das Tempo beschleunigte und mich nicht mal eines Blickes würdigte. War auch besser so, denn in dem Moment, als ich die Frage zu formulieren versuchte, glitt ich erneut auf dem Schnee aus.

Es gibt wenig zwingende Gründe, mit dem Rauchen aufzuhören, aber das war so ein Moment: nach Mitternacht mit einem Zehnmarkschein in der Hand Nase voran im Schnee zu liegen. Kann man tiefer sinken?

Ja, man kann: wieder zu Hause, immer noch mit einem zerknautschten, jetzt schneedurchnässten Zehnmarkschein in der unterkühlten Hand, die plötzlich warm wird und anfängt zu schmerzen.

Ich begann, meine Wohnung zu durchsuchen. Vielleicht hatte ich ja irgendwo noch eine Zigarette. Aber es sah nicht gut aus. Warum sollte in einem Haushalt, in dem alles, was auch nur im Ansatz rauchbar ist, sofort tief inhaliert wird, noch eine Zigarette vorhanden sein?

Na ja, vielleicht weil man im Überschwang eines Augenblicks eine Zigarette ungeraucht in der Sakkotasche hat verschwinden lassen. Oder weil man sich Monate zuvor auf irgendeinem Fest, wahrscheinlich so gegen drei Uhr morgens, schwer betrunken noch eine Packung gezogen, sie in die Seitentasche gesteckt und dort schlicht und einfach vergessen hat.

Es zählt zu den ganz großen Augenblicken im Leben eines Rauchers, wenn man in so einer kalten, verschneiten Februarnacht, nachdem man sich draußen bei schrecklicher Kälte den furchtbarsten Demütigungen ausgesetzt hat und sich drinnen auf der Suche nach Stoff weiter selbst demütigt, in scheinbar sinnlosen Aktionen Schubladen aufreißt und Schränke filzt, wenn man dann in der letztmöglichen Seitentasche eines Sakkos, das man seit Monaten nicht mehr getragen hat, nicht nur eine völlig vertrocknete, zerkrümelte Zigarette, sondern eine sich schon beim ersten Abtasten frisch und originalverpackt anfühlende Schachtel Zigaretten findet. Was für eine Freude, welch ein Jubel! Kindische Begeisterung! Ein Uhr morgens und gegen jede Wahrscheinlichkeit eine ganze Packung!

Langsam fängt das Wetter doch an, mir Sorgen zu machen. Die sommerlich anmutenden Temperaturen entpuppen sich tatsächlich als Vorboten eines mächtigen Frühlingsgewitters. Das ist insofern ungünstig, als der Balkon vom Dirk wie gesagt nicht überdacht ist, außer in der kleinen Nische, wo der Dirk den teuren Franzosen gebunkert hat. Und schon beginnt sich der Himmel ohne Blitz und Donner oder sonstige Vorwarnung zu entladen. Es regnet in gerade herabfallenden Fäden. Es regnet in den Balkon hinein. Das Wasser steigt. Das darf nicht wahr sein! Der Dirk hat seine Wohnung frisch gestrichen, aber auf seinem Balkon fließt das Wasser nicht ab!

Das hat er extra gemacht, da bin ich mir sicher. Er hatte keine Zeit mehr, sich eine neue Wohnung ohne Balkon zu mieten, also hat er den Abfluss des Balkons verstopft. Wahrscheinlich mit einer leeren, wütend zusammengeknüllten Zigarettenschachtel.

Ich stelle mich mit einem Fuß auf den Zitronenbaum, mit dem anderen auf den Weinkarton und schmiege mich in die kleine Nische, die noch trocken ist. Das sieht nicht gut aus, aber die Zigaretten dürfen auf keinen Fall nass werden. Ich halte beide Hände schützend vor die Packung und lese schwarz eingerahmt: «Rauchen fügt Ihnen erheblichen Schaden zu.» Keine Frage, bei dem Wetter.

3 Gar nicht erst anfangen

23 Uhr 09: noch 24 Zigaretten

Wenn man so in den Regen starrt, tauchen plötzlich Bilder aus der Vergangenheit auf. Ich hatte tatsächlich bis eben vergessen, dass ich schon einmal etwas erlebt habe, was noch besser war als um ein Uhr morgens eine frische, originalverpackte Zigarettenschachtel in seinem Sakko zu entdecken. Wie hatte mir dieser Augenblick entfallen können? Wahrscheinlich war er so dermaßen nicht von dieser Welt gewesen, dass ich ihn einfach aus meinem Speicher gelöscht hatte.

Es war wieder einmal Nacht, ob Winter oder nicht, weiß ich nicht mehr, auf jeden Fall hatte ich jede Hoffnung aufgegeben, noch eine Zigarette in meiner Wohnung zu finden, weil ich in der Zeit insgesamt ziemlich verzweifelt war. Es gibt ja so Lebensphasen, da findet man alles scheiße: sein Aussehen, seinen Job, die Art, wie man ihn macht, wie man lebt und welche Perspektiven man hat, nämlich gar keine, außer weiterhin scheiße auszusehen und keine Perspektiven zu haben. Und es ist besonders schlimm, wenn man in einem solchen Zustand der generellen Lustlosigkeit keine Zigaretten mehr hat und keine Chance sieht, die Nacht durchzustehen. Und alle Sakkos schon dreimal durchsucht hat, alle.

In meiner Verzweiflung öffnete ich eine alte, gammelige Abseite, in der nichts außer Unrat zu finden war.

Ich kroch hinein, wahrscheinlich, weil ich dort Spuren meines Lebens vermutete, Indizien, die mir erklärten, wie es dazu kommen konnte, dass ich morgens um zwei in einer feuchten vor sich hin schimmelnden Abseite auf der Suche nach was auch immer herumkroch. Als Erstes stieß ich auf einen alten Karton mit Fotos, unter anderem auch von der Jugendgruppenfahrt, auf der ich die Nummer mit der Weinflasche geübt hatte, meine Joggingschuhe und einen Bilderrahmen mit einem verrutschten Keith Richards. Es war wahrscheinlich schon halb vier, als ich meine alte Tennistasche entdeckte. Joggingschuhe, Tennisschläger – ich muss früher mal an Sport interessiert gewesen sein. Kann ich mir heute gar nicht mehr vorstellen.

Die Tennistasche hatte ich in Wahrheit überwiegend als Reisetasche benutzt. An dem Griff klebte noch ein uralter Gepäckschein: LH 456 MIA/FRA, richtig, da war ich für ein paar Tage nach Miami geflogen. Ich zog den Reißverschluss auf und fand zwei fabrikneue GAP-Jeans, fünf Paar weiße Tennissocken, Gott sei Dank auch neu, und ein paar amerikanische Musikmagazine. Als ich den Packen aus der Tasche heben wollte, spürte ich etwas, was meinem Tastsinn irgendwie bekannt vorkam. Ich zog daran, und zum Vorschein kam eine aufgerissene Stange Marlboro Lights. Von den zehn Packungen, das verriet mir mein geschultes Auge sofort, waren noch sieben da.

Sieben Schachteln Marlboro Lights! Eben noch hätte ich meine Schwiegermutter für nur eine Zigarette beidhändig erwürgt, jetzt verfügte ich über sieben frische und originalverpackte Schachteln amerikanischer Marlboro Lights! Konnte das wahr sein? Oder hatte mir jemand einen ganz üblen Streich gespielt? Vielleicht ging gleich das Licht an, ein lustiger Fernsehmoderator käme rein, würde «Herzlich willkommen bei der Versteckten Kamera» sagen und mir meine Zigaretten wieder wegnehmen. Ich wartete einen Augenblick, dann konnte ich es nicht mehr länger aushalten: Ich brüllte wie von Sinnen, mir liefen Tränen übers Gesicht, ich riss die Stange auf, warf die Schachteln in die Luft und lachte wie ein Irrer: Sieben Schachteln, sieben Schachteln, sieben Schachteln!

Als ich mich wieder beruhigt hatte, setzte ich mich an den Küchentisch. Ich fühlte mich wie ein Kind an Weihnachten, genauer gesagt am ersten Feiertag, wenn sich die fiebrige Erregung des Heiligen Abends bereits gelegt hat und man in Ruhe und mit einer gewissen Distanz seine Geschenke betrachten und schon ein wenig mit ihnen spielen kann.

Und genau das habe ich auch in jener Nacht getan: Ich habe mit meinen sieben Schachteln amerikanischer Marlboros gespielt. Ich habe sie aufeinander gestapelt und die jeweils oberste weggeschnippt, sie zu einer Sieben zusammengelegt, jongliert und Domino gespielt. Nur geraucht habe ich nicht. Irgendwie hätte ich es nicht übers Herz gebracht, einfach so eine dieser kostbaren Packungen aufzureißen und eine Zigarette rauszuziehen. Es hätte die Magie des Augenblicks zerstört.

Mit dieser nächtlichen Panik, die ja durchaus etwas Romantisches hat, von wegen: Sind noch irgendwo welche? Habe ich noch vier Euro klein? Wo könnte die letzte, rettende und alles entscheidende 50-Cent-Münze sein?, mit dieser Romantik, sage ich, ist es ohnehin bald vorbei. Auch damit machen sie Schluss. Am 1. Januar 2007 tritt das neue Jugendschutzgesetz in Kraft. Von da an können

Zigaretten am Automaten nicht mehr mit Münzen gezogen werden, sondern nur noch mit Geldkarte, weil dadurch ein Altersnachweis erbracht ist. Ob man damit die Jugendlichen schützt, weiß ich nicht.

Ich fürchte, es wird dabei nicht bleiben. Geldkarten bergen ja aus Sicht der Jugendschützer und Antiraucherkreuzzügler grenzenlose Möglichkeiten. Irgendwann wird das einmal so aussehen, wenn ich mir Zigaretten kaufen will: Ich stecke die Karte in den Automaten und muss erst mal einen siebenstelligen PIN-Code eingeben – einen von siebenunddreißig PIN-Codes, die man draufhaben muss, um durch den Alltag zu kommen. Nach dem PIN erscheint der erste Text im Dialog-Fenster:

«Sind Sie bereit, einige Fragen zu beantworten?»

Als Option wird nur «Ja» angeboten. Hinter mir steht bereits eine Schlange von zehn Personen, die erste Anzeichen von Ungeduld erkennen lassen. Ich drücke auf «Ja».

«Seit wann rauchen Sie?»

Ich würde sofort wahrheitsgemäß «14» eintippen, wenn es irgendwo ein Zahlenfeld gäbe. Ich finde aber nur eine Ja-Taste und eine Pfeil rauf/Pfeil runter-Taste. Ich drücke eine der beiden Pfeile, und es erscheint eine Zahlenreihe. Ich treffe die «14» und bestätige.

«Wie alt sind Sie jetzt?»

Ich scrolle runter und klicke auf «42».

«Das heißt, Sie rauchen seit achtundzwanzig Jahren. Richtig?»

Blitzgescheit, dieses System. Ich bestätige.

«Sind Sie einverstanden, wenn wir Ihnen Informationsmaterial über die Risiken des Rauchens zusenden?»

Irgendwie haben sie die Nein-Taste vergessen. Ich bin verärgert und schlage mit dem Handballen seitlich gegen den Automaten, so wie früher, wenn eine Münze hängen geblieben ist. Hinter mir ist die Schlange bereits zu einer Kleingruppe angeschwollen, die mich langsam, aber beständig näher an den Automaten drängt. Der Automat blinkt plötzlich rot und grün auf, die Buchstaben auf dem Dialogfeld erlöschen, es meldet sich eine Computerstimme:

«Herzlich willkommen bei Tobacco-Road, Ihrem Voice-to-Voice-Center für Nikotinabhängige. Bitte sprechen Sie Ihren PIN-Code laut und deutlich in die Sprechbox neben dem Eingabefeld.»

Ich drehe mich um. Gut hundert Menschen stehen dicht hinter mir. Fehlt nur noch das Fernsehen. Ich spreche meinen PIN-Code in die Box.

«Seit wann rauchen Sie?»

Habe ich doch schon gesagt. Was soll das? Die Stimme dröhnt mit der Lautstärke eines Megaphons durch die Straße. Ich täusche einen Hustenanfall vor, halte die Hand vor den Mund und nuschele halblaut:

«Seit ich vierzehn bin.»

«Bitte wiederholen Sie Ihre Eingabe!»

«Seit ich vierzehn bin!», sage ich in Zimmerlautstärke.

«Eingabe unverständlich. Sagten Sie: ‹Seit ich vierzehn bin?›»

«Ja», wispere ich heiser in die Sprechbox.

«Eingabe bestätigt: Raucht, seit er vierzehn ist.» Ein kollektives Aufseufzen geht durch die Menge.

«Geben Sie bitte Ihr Alter ein.»

«Habe ich doch schon gemacht», flüstere ich in die Sprechbox.

«Alter eingeben!», schnarrt die Stimme. «Bestätigen Sie folgende Eingaben: Ich bin zweiundvierzig, habe mit vierzehn angefangen zu rauchen und bin bereits seit achtundzwanzig Jahren Raucher.»

«Bereits» finde ich polemisch, aber ich kann nur bestätigen.

Ich höre entsetzte Schreie aus der Menge. Die ersten Mütter bringen ihre Kinder in Sicherheit. Der Automat hat sich jetzt warm geredet.

«Sie haben bereits vor sieben Stunden und achtundvierzig Minuten eine Packung Marlboro Gold mit der Schadstoffkennziffer 6/05/7 gekauft. Benötigen Sie wirklich schon wieder Tabakartikel?»

«Würde ich sonst hier stehen, du Vollidiot?»

Pfiffe und Buhrufe aus der Menschenmenge.

«Eingabe unverständlich. Ihre bisherigen Angaben lassen darauf schließen, dass Sie mehr als vierzig Zigaretten pro Tag konsumieren.» Die Menge hinter mir stöhnt erneut auf.

«Na und?»

«Eingabe unverständlich. Bitte fragen Sie umgehend Ihren Arzt oder Apotheker.» Entnervt trete ich die Sprechbox ein.

«Eingabe unverständlich.»

So weit wird es natürlich nicht kommen, schließlich leben wir in einem freien Land. Es gibt ja Gott sei Dank noch die Freien Demokraten und Guido Westerwelle. Mit dem wäre so was nicht zu machen, da bin ich mir sicher. Aber um ehrlich zu sein, finde ich diese Geldkartenautomaten eine super Sache. Bei den Zigarettenpreisen, die noch auf uns zukommen, ist es gerade älteren Menschen nicht zuzumuten, nachts mit absurden Mengen Bargeld auf die Straße zu gehen.

Ich drehe eine der beiden kostbaren Packungen um, die ich noch ganz altmodisch mit Hartgeld am Automaten erstanden habe. «Raucher sterben früher.» Eine Prognose, die ich angesichts meiner aktuellen Situation sofort unterschreiben kann. Der Weinkarton aus dem Chateau zieht von unten Wasser, er wird immer weicher und droht langsam, nachzugeben, der Zitronenbaum wird mir auch bald keinen Halt mehr geben. Ich könnte absteigen, aber dann stünde ich schutzlos im Regen, der übrigens gerade in Graupelschauer übergeht. Der sommerlich milde Aprilabend, über den ich mich vorhin noch wohlwollend geäußert habe, changiert eindeutig in Richtung nasskalte Novembernacht.

«Meiden Sie Menschen, die hinterher noch um die Häuser ziehen wollen» – das wäre eine korrekte Formulierung. Oder: «Der Dirk kann tödlich sein», besser noch: «Wer den Dirk kennt, stirbt früher», oder: «Der Dirk lässt Ihre Haut früher altern.» Völlig zutreffend: «Der Dirk fügt Ihnen und den Menschen in Ihrer Umgebung erheblichen Schaden zu.» Vor lauter Ärger führt der Dirk ganz sicher auch «zur Verstopfung von Arterien und verursacht Herzinfarkt oder Schlaganfall». Keine Frage. Ob der Dirk auch die Qualität meiner Spermatozoen beeinträchtigt, kann und will ich von hier aus nicht beurteilen.

Zu sehr fesselt mich der Hinweis auf der Rückseite meiner frischen Schachtel: «Rauchen macht sehr schnell abhängig: Fangen Sie gar nicht erst an!»

Der erste Satz stimmt, das kann ich bestätigen: Rauchen hat mich sehr schnell abhängig gemacht. Mit dem zweiten ist es etwas schwieriger: Wäre ich damals, als ich mit dem Rauchen anfing, wirklich empfänglich und dankbar für den Ratschlag gewesen, erst gar nicht damit anzufangen?

Mein linker Fuß versinkt im Schlamm des Zitronenbaums, der rechte versucht Halt in der aufgeweichten Weinpappe zu finden – das Wasser steht mittlerweile knöchelhoch auf dem Balkon.

Nach reiflicher Überlegung komme ich zu der Erkenntnis, dass die Mitteilung, besser erst gar nicht mit dem Rauchen anzufangen, mich nicht davon abgehalten hätte. Vielleicht hätte ich sogar noch früher mit dem Rauchen angefangen, wenn ich gewusst hätte, dass es sehr schnell abhängig macht und man davon sterben kann. Ich glaube, es hätte mich im Alter von dreizehn bis fünfzehn einfach nicht interessiert. Kiffen mochte ich nicht, Koks war nicht angesagt, und Heroin hätte ich mich nicht getraut. Aber Zigaretten? Für zwei Mark ganz legal am Automaten bei Tageslicht erhältlich und trotzdem lebensgefährlich und besser erst gar nicht damit anfangen? Supergeil. Wenn ich das früher gewusst hätte!

Insofern: Beide Daumen hoch und dickes Lob an die EU-Gesundheitsministerien für ihre genaue Kenntnis der Bedürfnislage junger Menschen an der Schwelle zur Sucht. Kompliment! *Good job!* Leute: Wenn der Rest der Regierung auch nur annähernd so kompetent wäre wie ihr, stände Deutschland im Inland wie im Ausland ganz anders da. «Fangen Sie gar nicht erst an!» Darauf muss man erst mal kommen, vor allem der Coup mit dem Ausrufezeichen. Ich sehe genau vor mir, wie die Experten in einem finalen Gremium beisammengesessen und überlegt haben, wie sie diesem ohnehin schon genialen Satz noch den Ritterschlag geben können. Und dann kamen sie auf das Ausrufezeichen. Das Signal zum Aufbruch in eine neue Epoche: Erst gar nicht damit anfangen!

Leute, ihr seid einfach zu gut, um wahr zu sein. Ich bewundere euch schon lange. Legendär, eure Kampagne aus den neunziger Jahren: «Keine Macht den Drogen». Da hattet ihr schon mal so eine geile Idee. Jungen Menschen werden Drogen angeboten, zwangsläufig, daran kann man nichts ändern. Was man beeinflussen kann, ist, wie sie sich dazu verhalten, ob sie ja oder nein sagen. Eine zugespitzte Situation. Womit zu vergleichen? Genau. Mit einem entscheidenden Elfmeter beim Fußball oder mit dem Augenblick auf der 120-Meter-Schanze kurz vor dem Absprung. Klar, wer die Protagonisten eurer Kampagne werden mussten: Lothar Matthäus und Jens Weißflog, damals die beiden Top-Heroen einer potenziell drogengefährdeten Jugend. Ein starkes Signal von der Regierung: «Fangt erst gar nicht damit an!» Macht's nicht wie Keith Richards und Sid Vicious, macht es wie der Lothar und der Jens.

Man fragt sich im Grunde, warum es überhaupt noch ein Drogenproblem gibt, nachdem Lothar keine Macht den Drogen gefordert hat und die EU-Gesundheitsminister rieten, besser gar nicht erst damit anzufangen. Ich sehe europaweit Millionen junge Menschen, die sich gegenseitig die Zigaretten aus der Hand schlagen, Joints zerkrümeln und Koks-Linien vom Tisch pusten, mit der Begründung, dass der Lothar das nicht gut findet und die Gesundheitsminister auch nicht.

Das verhagelt mir die Laune. Warum lässt man bei bestimmten Fernsehsendungen nicht einen News-Ticker durchlaufen: «Dieser Beitrag kann Sodbrennen und nässenden Ausschlag verursachen»? Warum werden

Automobilhersteller über die Zulassungsstellen nicht gezwungen, auf den Kennzeichen anzugeben, wie viele Verkehrstote pro Jahr auf ihre Kosten gehen? Warum werden potenzielle Konsumenten von alkoholfreiem Bier nicht mit der Banderole «Schmeckt wie Panther-Pisse» gewarnt? Man könnte bestimmte Lehrer zwingen, im Dienst T-Shirts mit dem Aufdruck zu tragen: «Ich habe Angst vor dem Leben, deshalb musste ich Lehrer werden. Tut mir Leid für euch.» Fallschirmspringer, Gleitflieger, Freeclimber und Freunde anderer Extremsportarten nötigen, auf ihren Schirmen oder Helmen die Aufschrift «Ich ticke nicht sauber, und ich steh drauf» zu tragen.

Mich ärgern diese Packungsbeilagen. In der ersten Hälfte des zwanzigsten Jahrhunderts mag es vielleicht noch Menschen gegeben haben, die annahmen, Rauchen sei fesch und schneidig und ansonsten unbedenklich. Aber solange ich denken kann, sind die Risiken des Rauchens jedem bekannt. Bloß, es geht diesen Leuten, die immer schon was zu nörgeln hatten und die jetzt in verantwortlichen Positionen sind, nicht um Aufklärung. Ich mag das Thema einfach nicht leiden. Ich will im Augenblick nicht mal mehr darüber nachdenken. «Fangen Sie gar nicht erst an!» Großartig.

Ich werde unruhig, die Zigaretten dürfen nicht feucht werden. Eine Niederlage? Ja, vorerst. Ich steige aus dem Matsch, der einmal ein Zitronenbaum war. Mit bloßen Händen beginne ich, Wasser vom Balkon zu schöpfen. Wie könnte ein Text auf einer Zigarettenschachtel lauten, der zumindest wahr ist? Vielleicht so:

«Rauchen kann Sie in äußerst unangenehme Situationen bringen.»

4 Die Zigaretten davor

23 Uhr 34: noch 23 Zigaretten

Es hat keinen Sinn. Der Regenguss wird jetzt zu allem Überfluss von einem frischen Wind aus Nordnordost in einem Winkel von dreißig Grad auf den Balkon getrieben. Ich flüchte mich in die Nische zurück und kehre dem Regen den Rücken zu. Das sieht bestimmt ziemlich bescheuert aus, so als ob ich bei strömendem Regen einer Klagemauer meine Geheimnisse anvertrauen würde, aber darauf kann ich jetzt keine Rücksicht nehmen. Die Zigaretten müssen trocken bleiben, sonst bekomme ich heute Nacht ein echtes Problem.

Manchmal muss man sich darauf besinnen, dass Zigaretten Luxusgüter sind, im Alltag vergisst man das leicht. Insofern sind solche Extremsituationen tatsächlich hilfreich.

Da fällt mir eine Geschichte ein, die mir mein Nachbar Uve kürzlich erzählt hat. Uve ist ein großartiger Mensch, dem man im Grunde ein ganzes Buch widmen müsste. Als Jugendlicher in den fünfziger Jahren kam er einmal auf die verwegene Idee, mit halber Einwilligung seiner Eltern und natürlich per Anhalter durch Italien zu fahren. In der Schweiz wurden ihm, als er in einem Stadtpark übernachtete, sämtliches Geld und alle Papiere geklaut. Uve ging ins nächste Hotel, bat um Hilfe und geriet sofort an den Chef. Der war vermutlich auch mal jung und leidenschaftlich gewesen und gab ihm Nachtquartier. Außerdem schenkte er ihm eine Packung der damals populären Marke Life, mit dem Kommentar: «Die wirst du sicher noch gut brauchen können.» Heutzutage ist so etwas kaum vorstellbar. Aber früher war eben doch nicht alles schlecht, auch nicht in den fünfziger Jahren.

Am nächsten Tag, als Uve auf einem dicken Ast über dem Luganer See saß, die Beine baumeln ließ und von Italien träumte, wollte er den Augenblick mit einer Zigarette veredeln, griff nach der Packung und ließ sie versehentlich in den See fallen. Ein Verlust, der in Uves finanzieller Situation gar nicht dramatisch genug eingeschätzt werden kann. Er rettete die Packung, zog das nasse Tabakgut heraus und legte die Zigaretten einzeln auf den Ast. Dann setzte er sich daneben und wartete, bis das Zeug getrocknet war. Was für ein Gefühl muss es sein, die erste Zigarette mit dem Aroma des Luganer Sees zu rauchen, dabei die Beine baumeln zu lassen und von Italien zu träumen!

Ich liebe diese Geschichte, weil sie romantisch ist, aber auch, weil sie eine Rauchergeschichte ist. Natürlich kann man ebenso gut als nichtrauchender junger Mensch per Anhalter nach Italien fahren, sich bei einem Zwischenstopp am Luganer See auf einen dicken Ast setzen und von Italien träumen, ohne zu rauchen. Ja, sicher, das kann man, und es wird in den fünfziger Jahren genügend junge Menschen gegeben haben, die genau das getan haben. Das ist völlig in Ordnung. Beruhigt euch, Leute, alles okay.

Warum fangen junge Leute eigentlich an zu rauchen? In den USA, wo Rauchen unter jungen Menschen als uncool gilt, muss die Frage heißen: Warum fangen junge Leute an zu koksen? Aber warum fangen europäische Teenager an zu rauchen? Ich kann ja mal erzählen, wie das bei mir war. Ich erinnere mich, dass, als ich so um die vierzehn war, da auf einmal diese Partys waren, auf denen es statt Topfschlagen plötzlich Engtanz gab, in Räumen, die schon nachmittags mit dicken Vorhängen verdunkelt wurden. Meist fanden solche Partys in unterkellerten Bungalows liberaler, gut verdienender Eltern statt, und es wurde selbstverständlich Bier getrunken und geraucht. Aber das war nie die besondere Magie dieser Veranstaltungen. Das Besondere war, dass man überhaupt eingeladen war. Wer eingeladen war, gehörte dazu, der Rest musste sehen, wo er blieb. Ob man dazugehörte oder nicht, hing nicht davon ab, ob man schon rauchte, das nur am Rande.

Ich habe eben übrigens Unsinn geredet: Damals sagte man nicht «Party», sondern «Fete». Meist fuhr ich mit dem Fahrrad zu einer solchen Fete, hatte also immer ausreichend Zeit, den Wechsel von der Welt des Kindes (zu Hause) in die Welt der Erwachsenen (Fete) voll auszukosten. Und darüber nachzudenken, dass ja dieses eine Mädchen wieder da sein würde. Dieses Mädchen, das einen, egal, ob etwas passieren würde, ganz sicher in die Welt der Erwachsenen führen würde. Denn selbst wenn nichts passierte, wäre ja die erste große Enttäuschung eingetreten, die man zu verarbeiten hätte.

Und wenn doch etwas passieren würde? Wie gut, dass man in dem Alter noch keine konkrete Vorstellung davon hat, was das mit einem machen kann, denn die brüchige Psyche eines Vierzehnjährigen wäre mit der bloßen Vorstellung davon so überfordert, dass als Ausweg im Grunde nur der Sprung von der Eisenbahnbrücke bliebe. So aber spürte ich eine diffuse Grunderregung in mir und das Bedürfnis, noch einen Augenblick innezuhalten und die Zeitspanne zwischen zu Hause und der Fete ein wenig zu verlängern. Damals wie heute war die Zigarette wohl die beste Möglichkeit, dies zu tun. Und so holte ich, nach Mettwurstbroten und kalter Milch zum Abendessen, aus meinem zerknautschten Soft-Pack, der seit Tagen im Anorak vor sich hin trocknete, eine Zigarette hervor und versuchte, sie mit einem klammen Streichholzheftchen an der erstbesten, von den Eltern nicht mehr einsehbaren Straßenecke zu entzünden. Wie schön, wenn das gelang.

Ich war im Grunde nie besonders gern auf Feten, bin aber immer wahnsinnig gern auf Feten gefahren, mit der bröseligen Zigarette im Mund freihändig durch die Dunkelheit. Jeder hat sein eigenes, persönliches Gefühl von Freiheit – das war meins.

Auf der Fete wurde es mir schnell zu viel: aus der einsamen, freien Dunkelheit durch die Kellertür eine Unterwelt von Licht, Rauch und Menschengedränge, von Musik und Bier zu betreten und dann noch dieses Mädchen im Kreise von anderen zu sehen. Und das Gefühl, dass einem die Beine weich wurden und dass dieser Abend nicht derjenige sein würde, an dem man dem Mädchen sagte, wie sehr man es mochte. Ich wusste aber, dass der Abend kommen würde, an dem ich es ihr sagte. Und so blieb ich an einem Türpfosten stehen und rauchte, nahm einen Schluck Bier und träumte ein wenig betrunken von dem Augenblick, an dem es so weit sein würde.

Zu sagen, was für ein tolles Mädchen sie ist, geht viele Jahre später leichter, man ist souveräner in dem Augenblick, in dem es passiert. Kurz davor ist es aber die gleiche Aufregung, der gleiche Rausch, die gleiche *attraction*.

Es gibt doch in jeder Liebesgeschichte diesen Abend der Abende, an dem klar ist, dass es passieren wird. An dem sich, so gegen 17 Uhr, beide, noch unabhängig voneinander, ins Bad aufmachen, um sich für die nächsten drei bis vier Stunden vorzubereiten.

Und dann beginnt *der* Abend. Die ersten Zigaretten werden bei der Anfahrt oder beim Fußweg zur Fete geraucht. Wenn man da ist, sagt man «Hallo» und raucht wieder erst mal eine, weil es so verdammt aufregend ist, dass jetzt beginnt, worauf man seit Stunden gewartet hat. Rauchen alleine reicht dann nicht mehr. Man trinkt einen, wirkt nicht. Trinkt noch einen, schon besser. Noch einen, war schon einer zu viel, man konnte ja tagsüber kaum was essen, zu nervös.

«Hallo.»

«Hallo.»

«Na?» Unbestimmte Kopfbewegung.

«Ganz gut.»

Leere. Beide sind ratlos, sehen in verschiedene Richtungen. Was tun? Rauchen, na klar. Beide beschließen, dass Abstand erst mal die beste Medizin ist. Reden mit anderen, die auch auf der Fete sind. Und rauchen wie entfesselt. Ja, das ist besser. Das fühlt sich sicherer an. Mit anderen reden, rauchen, trinken und Mut fassen, den anderen ansehen. Nur einen Tick länger, als okay wäre, das reicht. Nochmal rumgehen, nochmal gucken.

Irgendwann ist die Fete fast vorbei, die Nacht hat ihren Zenit überschritten. Man steht jetzt zusammen, hat keine Ausreden mehr. Hätte jetzt auch beinahe den Mut, sich alles zu sagen. Trotzdem zögert man noch. Raucht noch. Beide rauchen so heftig, als ob sie einander küssen würden.

Sie werden später lange darüber diskutieren, wer den Anfang gemacht hat. Man wird es nicht sagen können. Irgendwann sind die beiden vor lauter Sehnsucht so erschöpft, dass sie nicht mal mehr rauchen können, irgendwann sagt einer so was Ähnliches wie: «Ich habe dich von Anfang an gemocht», oder: «Bleib doch noch», oder: «Ich finde, wir sollten uns jetzt küssen.»

Wie kann man da nicht rauchen? Ich werde es nie verstehen, ich bin ein schwacher Mensch, mich erregen solche Situationen zu sehr. Ich möchte den Augenblick festhalten, möchte ihn hinauszögern, einfrieren. Da muss ich rauchen.

Mensch, jetzt bin ich aber ganz schön sentimental geworden, hier an meiner Klagemauer. Ich kann auch anders. Ich finde es zum Beispiel absurd, dass der Themenkomplex Rauchen, Liebe und Sex bis heute im Wesentlichen mit der so genannten Zigarette danach abgehandelt wird. Man rollt sich nach dem Höhepunkt nicht einfach zur Seite und steckt sich eine miese Kippe an. Die Zeiten sind Gott sei Dank vorbei. Heute rollt man sich nach dem Höhepunkt auf die Seite und schläft sofort ein, zumindest an Werktagen. Die Leute sind doch unter der Woche viel zu fertig, um nach dem Sex noch eine zu rauchen.

Sex und der lange Moment danach sind eigentlich die einzigen Zustände, in denen ich nicht ans Rauchen denke beziehungsweise nicht dringend rauchen muss. Obwohl das vielleicht der ultimative Kick wäre, beim Sex zu rauchen – mit der richtigen Partnerin natürlich, einer, die so was mitmacht, ist ja klar. Vor der Zigarette danach jedenfalls kann ich nur warnen: Wenn es Zigaretten gibt, die richtig auf die Gesundheit gehen, dann sie. Nach dem Sex sind nämlich die Lungenbläschen, wie nach dem Sport, extrem geweitet, und jeder Zug zerschießt die armen kleinen Kerle. Das habe ich zumindest mal gelesen. Aber darum geht es mir jetzt gar nicht. Der Mythos von der Zigarette danach unterschlägt die unzähligen Zigaretten, die Männer und Frauen in der Geschichte der Menschheit mit fiebriger Erregung geraucht haben, *bevor* sie sich endlich in die Arme fielen. Diesen Zigaretten gilt es, ein Denkmal zu setzen. Und den Männern und Frauen und der Liebe natürlich.

5 A Non-Smoking Event

0 Uhr 5: noch 21 Zigaretten

Der Regen hat aufgehört. Endlich. Stattdessen schneit es jetzt. Eigentlich ganz lustig, wie die Schneeflocken so durch die Nacht tanzen. Ich kann es trotzdem nur schwer genießen. Monatelang wartet man auf einen richtigen Winter mit Schneeballschlachten, Rodeln und Schneemannbauen, und gerade wenn man einmal in seinem Leben auf einem Balkon ausgesperrt ist, die feuchten Schuhe ausgezogen und die Socken zum Trocknen über das Geländer gehängt hat, fängt es fett an zu schneien.

Ich schlage den Kragen meines Sakkos hoch und schlinge die Arme um den Oberkörper. Bleibt der Schnee denn auch liegen? Diese bange, hoffnungsfrohe Frage aus meiner Kindheit kann ich jetzt mit einem klaren Ja beantworten. Im Spiegel der Balkontür sehe ich eine Statue, das frisch eingeschneite Denkmal des letzten Rauchers. Barfuß. Wahrscheinlich muss ich jetzt auch noch mit dem Rotwein maßhalten. Hört man doch immer, wie gefährlich es ist, wenn man eingeschneit ist und dann zur inneren Wärmung ein paar Schlucke nimmt. Erst wird einem schön warm, dann wird man schön schläfrig, und ehe man sich's versieht …

Irgendwie bin ich jetzt sauer. Ich brauche dringend einen Schuldigen. Ich meine nicht den Dirk. Ich brauche jemanden, dem ich überhaupt nichts nachweisen und genau deswegen die ganze Schuld in die Schuhe schieben kann. In gewissen Lebenslagen ist so eine Person unglaublich wichtig. Gut, dass wir die Amerikaner haben. Die kann man zu jedem Zeitpunkt grob beschuldigen und hat damit immer irgendwie Recht.

Als ich 1984 mit einundzwanzig Jahren zum ersten Mal in die USA reiste, war dort der Kreuzzug gegen die Raucher im Grunde bereits erfolgreich abgeschlossen. In den wohlhabenden Vororten von Los Angeles war ich schon damals «Der letzte Raucher». Die Amis in meinem Alter, die meisten bürgerlicher Herkunft, waren durch entsprechende Kampagnen gründlich auf Kurs gebracht und rauchten nicht. Anders als in Deutschland war man dort gar nicht mal so unclever vorgegangen: Man hatte einfach das Raucherimage des coolen Typen in das des uncoolen Typen verwandelt. Wer rauchte, galt nicht als stark, männlich und überlegen, sondern als krank, schwach und uncool. Wie das ethisch zu bewerten ist, mag jeder selbst entscheiden, tatsächlich rauchte außer mir niemand auf den Partys, auf die ich trotzdem freundlicherweise mitgenommen wurde.

So richtig gesund lebten die Young Americans allerdings auch nicht. Es wurde tüchtig getrunken, und bei lustigen Mountain Races in der hügeligen Umgebung von L. A. ließ der eine oder andere sechzehnjährige Sohn eines erfolgreichen Anwalts oder Psychiaters schon mal sein Leben, am Steuer eines vom Vater gesponserten deutschen Sportwagens, in einer der vielen tückischen Kurven, die über Serpentinen direkt in den Pazifik führen.

Auf einer dieser Partys, bei denen keiner rauchte oder kiffte, landete ich mal in einem Raum, wo heftig geknutscht wurde und einige Pärchen gerade ihre ganz persönliche Version der Drug-free-Society lebten. Eine junge Frau, vielleicht achtzehn, das ist ja bei den Kaliforniern schwer einzuschätzen, sah kurz auf meine brennende Zigarette und verwies dann vorwurfsvoll auf die Kokslinie auf einem Beistelltisch. «*Could you please hold your cigarette in another direction?*», sagte sie, wobei sich das «*please*» eher wie eine Drohung anhörte und ich befürchtete, dass sie auf Rauch allergisch reagieren und gleich ihre vom Taschengeld abgesparte Koks-Ration fürs Wochenende mit einem einzigen Niesen vom Tisch fegen würde. Heute, zwanzig Jahre später, würde ich in einer vergleichbaren Situation vermutlich Gefahr laufen, mit der Rasierklinge, mit der sich das Mädel seine *line* zurechtschob, unter dem Beifall der anderen Kokser massakriert zu werden.

Mehr als fünfzehn Jahre später ging ich an einem kalten, windigen Aprilabend, meteorologisch gesehen durchaus vergleichbar mit dem heutigen, auf ein Open-Air-Konzert der Rolling Stones im Giants Stadium in New Jersey. Es hatten sich dort etwa hunderttausend Zuschauer versammelt, um die größte Rock-'n'-Roll-Band aller Zeiten zu erleben. Vor Auftritt der Band teilten Lautsprecherdurchsagen im Fünfzehn-Minuten-Takt mit: «*We would like to remind you that this a non smoking event.*» Und, als ob es damit nicht genug gewesen wäre, der Nachsatz: «*And please don't use any bad language.*» Zu meiner großen Überraschung wurde man ohne Krawatte ins Stadion gelassen, und der akkurate Sitz des Seitenscheitels wurde auch nicht kontrolliert, ebenso wenig, ob man saubere Fingernägel hatte.

Heute ist New York ungefähr so spannend wie Solingen oder Küssnacht. Das Aufregendste an dieser ehemals aufregendsten Stadt der Welt sind die wenigen verbliebenen Raucher. Es mutet dramatisch an, wie sie in ihren dünnen Büroklamotten in zugigen Straßenschluchten stehen, die Haare vom Wind zerzaust, und verzweifelt ihre Zigarette gegen den Sturm verteidigen. Echt kein Zuckerschlecken, rauchender Amerikaner in New York zu sein: miese Löhne, teure Wohnungen, kaum Urlaub und dann dieser unglaubliche Durchzug auf den Straßen, der einem die halbe Zigarette wegpustet. Da geht's mir auf dem Balkon vom Dirk noch vergleichsweise gut.

Und wie ist die Lage in Europa? Gott, was soll man da sagen, das ändert sich ja praktisch täglich. Fest steht, dass unsere europäischen Nachbarn fallen wie die Dominosteine. Ausgerechnet Irland, das Land der Dichter und Trinker, kapitulierte zuerst. Und jetzt stehen sie da, die Iren, und versuchen, gegen nasskalte Windböen von Westen her anzurauchen. Erst der ganze Ärger mit den Engländern, und jetzt auch noch das. Nach Norwegen hat auch Italien konsequent und beherzt nachgezogen, aber hier stellt sich die Situation etwas anders dar, weil die Italiener sich witterungsbedingt ohnehin eher vor als in Bars aufhalten. Das Rauchverbot wird also vermutlich das ohnehin schon aufregende Straßenleben weiter beleben und damit das Land auch für Touristen noch attraktiver machen. Alles schön und gut, aber im Hinblick auf ein vereintes Europa stellt sich mir persönlich die Frage: Wohin kann ich als letzter Raucher eigentlich noch gehen?

In Rumänien, habe ich der Tagespresse entnommen, gibt es bislang keine Gesetze, die Raucherzonen vorschreiben, dort kann man noch qualmen, wann und wo man will. Klar, die haben ja weiß Gott auch andere Probleme.

Angenommen, die Situation in Deutschland würde so sehr eskalieren, dass ich hier als Raucher nicht mehr bleiben könnte, und Übersee käme für mich als bekennenden Europäer nicht infrage, und weiter angenommen, Rumänien wäre tatsächlich das letzte Refugium für europäisch denkende und fühlende Raucher: Wäre ich bereit, dort zu leben, zu arbeiten, zu rauchen? Entscheidungen fürs Leben sind ja immer relativ. Noch vor ein paar Stunden hätte ich die Rumänien-Option nicht mal als lustiges Gedankenexperiment in Erwägung gezogen. Jetzt, so gegen halb eins, als eingeschneites Denkmal ohne Socken mit ungewisser Zukunft, sage ich: Doch, ja, warum nicht, ich könnte doch zumindest mal darüber nachdenken.

Als Allererstes müsste ich Rumänisch lernen, klar, ohne Sprachkenntnisse geht gar nichts. Was heißt zum Beispiel «Rauchen kann die Spermatozoen schädigen» auf Rumänisch? Oder: «Wo finde ich den nächsten Zigarettenautomaten? Welche Münzen nimmt er an?» Gut, da wird es sicher spezielle Kurse geben.

Was kostet eigentlich eine Schachtel Zigaretten in Rumänien? Wo könnte ich wohnen? Für den Anfang stelle ich mir ein ordentliches Apartment in einer Plattenbausiedlung am Stadtrand vor – es müssen ja nicht immer die zweihundert Quadratmeter Altbau sein. Und ein komplett überdachter Balkon in einer Plattenbausiedlung am Stadtrand von Bukarest würde mir bestimmt mehr Schutz bieten als der vom Dirk. Vermutlich würde ich, lässig am Geländer lehnend, mit meinen Nachbarn plaudern, sie auf den Balkon einladen und mit ihnen die eine oder andere zusammen rauchen, «schmöken», wie man in Norddeutschland sagt. Ich würde mich scherzend danach erkundigen, was «schmöken» auf Rumänisch heißt, und wir würden einen netten Abend zusammen verbringen.

Letzte Frage: Was würde ich beruflich machen? Vermutlich Taxi fahren, typischer Immigrantenjob. In welcher Sprache ich die Straßennamen auswendig lerne, ist ja egal. Und dann wäre es schön, wenn der Dirk geschäftlich in Bukarest unterwegs wäre, am späten Abend ein Taxi nehmen müsste und durch einen ganz dummen Zufall an mich geriete. Durch den Innenspiegel hätte ich den Dirk längst erkannt, er mich aber nicht, denn ich hätte mir in der Zwischenzeit den landestypischen Vollbart wachsen lassen. Logisch, ich würde den Dirk zuerst fünfmal um den Stadtrand fahren und ihn dabei schnittfest zubarzen, alles bei geschlossenen Fenstern und weit aufgedrehter Heizung. Beschweren könnte sich der Dirk nicht, denn im Unterschied zu mir kann er ja kein Rumänisch. Er würde es vielleicht auf Englisch versuchen: «*Could you please refrain from smoking?*» Ich würde irgendwas auf Rumänisch antworten, mir eine neue anzünden und die Lüftung ausschalten. Er würde die Zähne zusammenbeißen, besorgt auf den Taxometer schauen und nach Luft ringen. Und dann würde ich dir, lieber Dirk, sechzig Euro für eine Fahrt, die nur fünf wert war, abknöpfen und dich an einer unbeleuchteten Straßenecke in einem finsteren Vorort von Bukarest an die Luft setzen.

Obwohl der Schnee jetzt noch dichter vom Himmel herabfällt, hat sich meine Stimmung eindeutig gehoben. Rumänien. Prima Sache. Es ist immer gut, einen Trumpf im Ärmel zu haben, auch wenn es nur Taxi fahren in Bukarest ist. Außerdem sind meine Füße nicht mehr ganz so kalt. Der Schnee wärmt doch tatsächlich, hätte ich nicht für möglich gehalten. Jetzt fängt mein Hals allerdings ein wenig an zu kratzen. Hoffentlich kommt das nicht vom Rauchen.

6 Spiderman

0 Uhr 38: noch 19 Zigaretten

Amerika, Rumänien, schön und gut. Aber wie ist die Lage in Deutschland? Ich frag mal in die Dunkelheit: «Will jemand was zur Lage der Raucher in Deutschland sagen?» Keine Wortmeldungen, dann kann ich ja anfangen.

Die Deutschen haben ein gespaltenes Verhältnis zum Rauchen. Was die ökonomische Seite betrifft, lässt sich nicht leugnen, dass Raucher erheblich zum Jahres-Brutto unserer Solidargemeinschaft beitragen. Immerhin löhnen sie ein paar Milliarden Tabaksteuer pro Jahr und entlasten durch ihre geringe Lebenserwartung die Kranken- und Rentenkassen. Würden von heute auf morgen alle Menschen in Deutschland mit dem Rauchen aufhören, wäre das Land schlagartig pleite.

Ein heikles Thema ist das Rauchen in gastronomischen Einrichtungen. Angeblich soll der Anteil an Nichtraucherplätzen in Restaurants demnächst deutlich erhöht werden. Aber was ist denn das für eine Mitteilung? Wo bleiben unsere deutschen Tugenden? Dann doch lieber ein konsequentes Rauchverbot in allen öffentlichen Bereichen, bei Zuwiderhandlung droht sofortige standrechtliche Erschießung, Ende der Durchsage. Wo sind wir hier eigentlich? Anstatt hart durchzugreifen, hat sich eine lauwarme Pseudoliberalität durchgesetzt. So nach dem Motto: Rauchen ist schädlich, auch und vor allem für Passivraucher, außerdem ist das Thema Gesundheit im Kommen, also machen wir Deutschland eben mal ein bisschen gesünder.

Die Unentschlossenheit, mit der hierzulande Rauchern begegnet wird, lässt sich besonders gut am Themenkomplex «Deutsche Bahn AG» veranschaulichen. Die Raucherabteile sind in der Regel spärlich besetzt, und zwar nicht, weil es keine Raucher mehr gibt, sondern weil Raucher sich dort nicht mehr wohl fühlen. Der erste Eindruck beim Betreten: überheizt und ungepflegt. Offenbar gibt es eine Fraktion innerhalb der Raucherschaft, die zwar raucht, aber ungern in dem für sie vorgesehenen Abteil sitzt. Die Bahn weiß das und instrumentalisiert diese Fraktion auf besonders perfide Art, um einen Keil in die ansonsten geschlossen auftretende Raucherfront zu treiben.

Auf meiner letzten Bahnfahrt, es war die Strecke Heidelberg–Hamburg, habe ich es selbst erlebt: Die klimatischen Bedingungen im Raucherabteil waren nicht optimal, aber erträglich. Kurz vor Hannover betraten fünf junge Männer das Abteil, die sich schnell als Fans eines Zweitligavereins auf dem Weg zu einem Auswärtsspiel entpuppten. Ich begrüße es, wenn sich junge Menschen für Sport begeistern, ich kann auch nachvollziehen, dass sie bei der Anreise ein wenig an der Bierdose nippen, um sich in Stimmung zu bringen und – Gott ja – dabei auch mal eine schmauchen. Warum aber buchen sie Nichtraucher und kommen alle fünfzehn Minuten zum Quarzen in mein Abteil? Ebenso der Altachtundsechziger, der mit einer speckigen Ausgabe der *Zeit* neben mir Platz nimmt, zwei Zigarillos nacheinander wegzieht und wieder das Abteil verlässt. Oder die vier lustigen Frauen, die sich schon am frühen Morgen warmen Sekt in ihre weichen Birnen schmettern, um ein bedeutsames Wochenende einzuläuten, und jetzt mit spitzen Fingern mein Abteil zupaffen, um mal ganz besonders verrucht zu sein.

Normale Raucher, die im «Raucher» sitzen, stecken sich halt dann und wann mal eine an, gemäßigt, kontrolliert. Aber diese kreischenden Wochenendtouristen, die übereinander stolpernd in meinem Abteil aufschlagen, rauchen nicht, sie zimmern innerhalb von Minuten eine Tabakdosis weg, die einen normalen Raucher einen Monat lang gut bei Laune halten würde.

Bloß: Was soll man solchen Menschen sagen? «Jungs, ich bin auch Fußballfan, aber könnt ihr nicht woanders rauchen?» Soll ich anderen Rauchern mit der Zigarette zwischen Zeige- und Mittelfinger die Tür weisen? Das wäre wirklich lustig. Ich könnte sie auch bitten, ihre Zigaretten in die andere Richtung zu halten, und dabei schön den Rauch ausatmen. Oder dem *Zeit*-Leser sagen, dass ich von seinen Zigarillos Kopfschmerzen bekomme.

Ich zog mein Ticket aus der Sakkotasche: Hamburg–Heidelberg, Heidelberg–Hamburg, 198 Euro. Dafür durfte ich in einem Abteil Platz nehmen, in dem andere Mitreisende in Ermangelung von Alternativen ihre nikotinerge Notdurft verrichteten. Verärgert machte ich mich auf zum Bord-Restaurant. Der Zugbegleiter hatte bei Reiseantritt über Bordmikro ein rosa gebratenes Roastbeef mit Röstkartoffeln, Salatbeilage und wahlweise Brötchen oder Brot in Aussicht gestellt. Während ich noch darüber nachdachte, ob ich lieber Brot oder Brötchen wollte, taumelte ich durch die Waggons der Nichtraucher erster und zweiter Klasse.

Warum dann nicht die harte, aber faire Lösung?

Warum nicht den Raucherbereich konsequent auslagern? Früher hätten sich die Außenplattformen zwischen den Waggons angeboten, aber die gibt es heute nicht mehr. Man könnte doch Treppenaufgänge zum Dachbereich einrichten. Der Leiter des Service-Teams der Deutschen Bahn würde sich vermutlich so ausdrücken: «Sehr verehrte Fahrgäste, wir freuen uns sehr, Ihnen in unserem Bordrestaurant Rindsroulade mit Rotkohl anbieten zu können. Und abschließend noch ein Wort an unsere Raucher: Gerne begrüßen wir Sie auch heute wieder im Panorama-Bereich auf dem Dach unseres Zuges.»

Die Raucherzone wäre mit halbhohen Stahlgeländern gesichert, Raucher könnten sich mit einer Hand an den ledernen Haltegurt klammern und mit der anderen rauchen. Natürlich stünden ihnen Zigarettenanzünder, wie man sie aus Autos kennt, zur Verfügung. Reisende der ersten Klasse bekämen vom Zugpersonal Sichtschutzbrillen und aerodynamische Spiderman-Anzüge ausgehändigt.

Was für ein schönes Bild: Der ICE Theodor Heuss jagt mit 270 Stundenkilometern übers Land. Auf jedem dritten Dach sind Raucher mit flatternden Backen wie Fallschirmspringer zu sehen, eine Hand am Halteriemen, in der anderen eine Glut und Funken schlagende Zigarette. Das wäre doch mal ein starkes Signal aus Deutschland.

7 Trotzdem

1 Uhr 10: noch 16 Zigaretten

Bei der eben erwähnten Reise mit der Deutschen Bahn gab es übrigens noch ein weiteres unschönes Zwischenspiel. Ich hatte meinen Termin in Heidelberg hinter mich gebracht und wartete auf den Zug zurück nach Hamburg, ich hatte also Feierabend. Ich steckte mir eine an und atmete tief durch. Auf U-Bahnhöfen mache ich so etwas grundsätzlich nicht, ich bin ja ein artiger Raucher. Ich qualme nicht in geschlossenen Räumen, wenn es nicht erwünscht ist. Aber Verbotsschilder unter freiem Himmel missachte ich, weil sie völlig geistesgestört sind. Gerade der Heidelberger Hauptbahnhof ist kaum überdacht, es zieht wie Hechtsuppe. Dort Raucherzonen auszuweisen, ist reine Schikane. Ich habe auch beim Stones-Konzert im Giants Stadium geraucht und würde es bei ähnlichen Veranstaltungen wieder tun. Wenn ich eines Tages dafür verhaftet werde, dann ist es eben so.

Wie ich also so dastand und meine wohlverdiente Zigarette rauchte, weil ich bis eben einen Beitrag zu unserer Volkswirtschaft geleistet hatte, baute sich eine «ungezogene Göre», hätte man früher gesagt, genau vor mir auf, streckte den Arm aus und keifte: «Sie müssen da vorne rauchen.» Sie deutete auf die Raucherzone. Irritiert nahm ich einen tiefen Zug und sah mir das Plappermaul näher an. Ich war peinlich berührt. Zum ersten Mal in meinem Leben war ich als Raucher öffentlich vorgeführt worden. Ich hatte außerhalb der Raucherzone geraucht und wurde von einer jungen Frau als Täter entlarvt, mehr noch: wie ein Sittenstrolch behandelt.

Was sollte ich dazu sagen? Das hier war so primitiv, dass mir spontan nichts Angemessenes einfiel. Ich rauchte also weiter und schwieg. Das war das Beste, was ich tun konnte, denn ihr rhetorisches Repertoire hatte sich bereits erschöpft. Ratlos blies sie die Backen auf, verwies erneut auf die Raucherzone, überlegte offenkundig, wie jetzt weiter vorzugehen sei, und sagte: «Trotzdem kriege ich alles ab.»

Über diesen Satz habe ich lange nachgedacht: «Trotzdem kriege ich alles ab.» Was wollte sie mir damit sagen? Vielleicht: «Immer kriege ich alles ab»? Oder: «Warum kriege gerade ich immer alles ab?» Vielleicht hatte ich sie auch völlig falsch verstanden, und sie meinte: «Kriege ich was ab?» Darüber hätte man ja reden können.

«Trotzdem kriege ich alles ab.» Offensichtlich fühlte sich das Mädchen legitimiert, gegen Dinge zu rebellieren, von denen es meinte, «alles abzukriegen». Nun gibt es ja durchaus vieles, wogegen zu rebellieren es sich lohnt: die Rolle Amerikas in unserer Welt, die Tatsache, dass Schönheits-OPs völlig normal geworden sind, dass jung, schlank und sexy unser Ideal ist, dass es überhaupt nur noch um Äußerlichkeiten geht – alles Themen, mit denen sich junge Menschen, und besonders junge Frauen, engagiert auseinander setzen könnten. Es gäbe Standpunkte ohne Ende. Und für welchen Standpunkt hat sich die junge Frau aus Heidelberg entschieden? Sie hat sich für ein lächerliches Verbotsschild stark gemacht, mit der Begründung, sie kriege trotzdem alles ab. Irgendwie hat sie mitbekommen, dass Raucher nicht erwünscht sind. Wer von oben, höchst offiziell, ausgegrenzt wird, darf eben auch öffentlich angepöbelt werden.

Nicht dass ich schlecht über junge Menschen sprechen will. Letzten Sommer im Freibad zum Beispiel wandte sich ein wohlerzogenes Mädchen an mich, wahrte einen höflichen Abstand von zwei bis drei Metern und fragte mich, leicht errötend, aber mit fester Stimme: «Entschuldigen Sie bitte, hätten Sie vielleicht eine Zigarette für mich?»

Damit es keine Missverständnisse gibt: Ich bin keineswegs dafür, dass junge Menschen rauchen, ich wünsche mir nur, dass sie sich ordentlich benehmen. Und dass sie mit sechzehn ihre Muttersprache einigermaßen beherrschen.

In einigen Bundesländern ist das Rauchverbot an Schulen ja bereits gesetzlich verankert. Welche Auswirkungen das auf den Deutschunterricht und den Gebrauch des Wortes «trotzdem» hat, kann ich nicht beurteilen. Mich interessiert viel mehr, was jetzt aus den Raucherhöfen wird.

Bei mir war der Raucherhof damals ein etwa hundert Quadratmeter großes Karree, das in der großen Pause von zahlreichen jungen Leuten bevölkert wurde. Irgendwie war dort immer Sommer, und das Sonnenlicht brach sich wunderbar im aufsteigenden Rauch. Man traf alle, die man treffen wollte, und konnte seine Freundin küssen, ohne dass alle glotzten. Ganz unspektakulär, aber ziemlich schön. Man konnte einfach man selbst sein. Das war man von der Institution Schule ja nicht gerade gewöhnt. Insofern waren es gute Zeiten auf dem Raucherhof.

Man durfte allerdings auch damals erst mit sechzehn dorthin. Vorher sind wir aufs Klo gegangen. Für die Jungs gab es vier abschließbare Zellen, die in den Pausen von je vier bis sechs Rauchern unter sechzehn besetzt wurden. Nichtrauchende Mitschüler, die verzweifelt an den verschlossenen Türen rüttelten und auf ihre Notdurft verwiesen, wurden mit dem Hinweis «Geh doch auf den Raucherhof» verhöhnt. Das tut mir heute Leid, muss ich ganz ehrlich sagen. Andererseits gingen die kleinen Hosenscheißer sofort zum Hausmeister petzen, was auch nicht nett war. Der kam dann müde und resigniert angeschlurft, schloss die Türen mit dem Generalschlüssel auf und bat darum, die Kippen nicht in der Spülung zu versenken, das gebe immer eine Mordssauerei. Besser sei es, die Kippen unter laufendem Wasser abzulöschen und in den Abfall zu werfen. Und jedes Mal fragte er uns, ob wir nicht zumindest ein Klo frei lassen könnten, «bringt doch nichts».

«Bringt doch nichts», ein typischer Hausmeistersatz. Ein weiser Satz, der mir später noch in ganz anderen Lebenssituationen weitergeholfen hat. Man soll nie schlecht über Hausmeister sprechen. Sie sind ein absolut unterschätzter Berufsstand und ein großartiger Menschenschlag.

Wenn man jetzt das Rauchen an den Schulen verbietet, wird vermutlich wieder auf dem Klo geraucht. Das stärkt einerseits die Rolle der Hausmeister – was gut ist –, wirft aber andererseits ordnungspolitische Fragen auf, über deren Tragweite sich die Verantwortlichen meiner Ansicht nach noch überhaupt nicht bewusst sind.

Was ich meine, ist: Gerade nichtrauchende Schulkinder gesundheitsbewusster Eltern finden ja als Pausenbrot überwiegend frisches Obst in ihrer Tupperdose vor. Frisches Obst hat neben seiner unbestritten immunsystemstärkenden Funktion leider auch unmittelbar abführende Wirkung. Und nun wissen wir ja alle, dass Kinder nicht in jeder Situation hundertprozentige Kontrolle über ihre Verdauung haben. Aber wo sollen diese jungen Menschen hin, wenn sie schweißgebadet und mit zusammengekniffenen Pobacken, aus denen das frische Obst schon in anderer Konsistenz hervorzutreten droht, an ebenjenen verschlossenen Türen rütteln und sich dazu noch zynische Texte halbstarker Raucher anhören müssen? Wie will die Bundesregierung das Problem dauerhaft zugekoteter Grünanlagen im Anrainerbereich unserer Schulen in den Griff kriegen? Wird Berlin auch dieses Problem achselzuckend an die Städte und Gemeinden delegieren?

Ein super Gefühl, wie ich gerade feststelle, hoch brisante ordnungspolitische Fragen in die Nacht hinauszurufen, zwischendurch gurgelnde Schlucke aus dem Château zu nehmen und vor allem: keine Antworten befürchten zu müssen.

Was aus meiner Sicht weder in Berlin noch in den Städten, Gemeinden und Kommunen auch nur ansatzweise überlegt wurde, ist, dass Lehrer bei einem absoluten Rauchverbot in Schulen ja auch nicht mehr rauchen dürfen. Das finde ich aus romantischen Gründen natürlich sehr bedauerlich, weil das zweigeteilte Lehrerzimmer ein fester Bestandteil meiner Kindheit war. Es gab ein Lehrerzimmer für Raucher und eins für Nichtraucher. Das für Raucher hatte diese unwiderstehliche Mischung aus muffigem Linoleum und lauwarmem Rauch – den Geruch vergesse ich mein Lebtag nicht.

Ich stelle mir einen etwa fünfzigjährigen, schwer nikotinabhängigen Physiklehrer vor, der sich zwischen dem Aufstehen und der ersten Stunde an Stoff reinpfeift, was nur irgend geht, die erste Doppelstunde noch so einigermaßen durchsteht, in der zweiten schon deutliche Anzeichen innerer Unruhe aufweist und ab der fünften Stunde brutal auf Entzug ist. Nun sind Physiklehrer ja ohnehin schon latent gereizte Menschen, weil ihre aufwendigen Versuche selten auf Anhieb funktionieren, und zwar nicht, weil sie inkompetent sind, sondern weil ihr Instrumentarium in der Regel defekt und veraltet ist.

Wenn in einem Augenblick, in dem sich Verzweiflung über den verfehlten Beruf und Enttäuschung über die materielle Ausstattung des ohnehin ungeliebten Arbeitsplatzes mit den Qualen des Nikotinentzugs mischen, wenn dann irgend so eine «Göre» wie die aus Heidelberg es wagte, eine lustig oder frech gemeinte Bemerkung zu machen, etwa so in der Art: «Na, fangen die Hände schon an zu zittern?», oder: «Wäre es nicht besser, Sie gingen erst mal eine rauchen?», dann wäre es zwar sehr unerfreulich, aber menschlich völlig nachvollziehbar, wenn der Physiklehrer von seinem Versuch abließe, sich vergewissern würde, ob er gerade richtig gehört hat, sich noch einmal fragen würde, ob er wirklich tun soll, was er gleich tun wird, schnell seine Altersversorgung kalkulieren und dann der «Göre» so richtig eine scheuern würde. Danach würde er sich ans Fenster stellen, sich eine anstecken, mit der letzten Kraft tief inhalieren und auf den Sportplatz blicken. Er würde kurz überlegen, ob es nicht besser gewesen wäre, Sportlehrer zu werden, diesen Gedanken aber sofort wieder verwerfen und warten, bis die Schulleitung benachrichtigt und entsprechende Maßnahmen eingeleitet würden. Und dann würde er sich sagen: Wie gut, dass es endlich vorbei ist. Im Grunde habe ich Physik immer schon scheiße gefunden.

Der Physiklehrer fliegt von der Schule, klar. Was aber wird aus den Raucherhöfen? Vielleicht könnte man dort Dixi-Klos für nichtrauchende Schüler unter sechzehn aufstellen. Das wäre zwar nicht so romantisch wie früher, aber zumindest hilfreich für alle Beteiligten. Und ein schönes Beispiel für die friedliche Koexistenz von Rauchern und Nichtrauchern. Wo, wenn nicht an den Schulen, kann und muss dieser Lernprozess stattfinden? Würde halt nicht mehr so gut riechen, auf dem Raucherhof. Eher nach gegorenem Obst als nach Rauch. Aber was soll's, «bringt doch nichts», alten Zeiten nachzutrauern. «Trotzdem», heulen könnte ich schon. Wie schön es damals war. Alles vorbei.

8 Spitz, pass auf!

1 Uhr 42: noch 15 Zigaretten

Dixi-Klos auf Raucherhöfen, zugekotete Grünanlagen, gewalttätige Physiklehrer – aber wie wird der ganz normale Alltag an Schulen aussehen, an denen es wirklich vorbei ist mit dem Rauchen? Irgendwo müssen sie ja hin, die rauchenden Schüler und Lehrer. Die Schüler haben es leicht, sie machen per SMS einen Treffpunkt aus und vereinbaren Codewörter für den Fall, dass ihr Treffpunkt auffliegt. Und die Lehrer? Welche Ausreden erfinden sie, um sich in der großen Pause mal eben verdrücken zu können? Auto aus der Werkstatt holen? Termin mit einem Versicherungsvertreter? Schnell mal zur Bank? Prima Alibis, die aber leider schnell aufge(b)raucht sind.

Ich sehe für rauchende Lehrer in Deutschland und Europa langfristig nur einen Ausweg: Sie müssen sich einen Hund anschaffen. Hunde geben ein perfektes Alibi, denn sie müssen ja regelmäßig raus, die kleinen Kerle.

Morgens, halb zehn in Deutschland, große Pause: Unter einem mächtigen Rhododendron am Rande einer Schulanlage drücken sich etwa achthundert rauchende Schüler herum. Plötzlich kommt ein Sportlehrer um die Ecke, eine Mischung aus 400-Meter-Läufer und Bodybuilder, der bei seinen Schülern im Ruf steht, ein «Schleifer» zu sein. Er spielt beim Handball gern mal mit und wirft schwächeren Schülern im «scharfen Zuspiel» den Ball voll auf die Zwölf. Danach teilt er den kleinen Heulsusen tröstend mit, Handball sei nun mal kein Kleinemädchensport.

Der Schleifer hält die frisch angezündete Zigarette in der einen Hand, in der anderen die Hundeleine, an der ein ungeduldiger Rauhaardackel zerrt. Von links kommt der Kollege aus der Chemie um die Ecke gebogen, besser gesagt gezogen von einem kompakt gebauten Rottweiler, der von irgendwas Witterung aufgenommen hat. Seine Zigarette hält der schmächtige Chemiker zwischen den Lippen, denn er muss die Leine mit beiden Händen festhalten, um den Rottweiler im Zaum zu halten. Der Religionslehrer hat sich überraschenderweise für einen Chihuahua entschieden, den er auf dem Arm spazieren trägt. Das lässt ihn etwas schwul aussehen, aber dafür kann er mit links einhändig Feinschnitt drehen, was ihn und sein Unterrichtsfach in der Achtung seiner Schüler immens steigen lässt. Der Deutschlehrer kommt in Begleitung seiner Dogge. Er raucht Pfeife, die Dogge rümpft die Nase und sieht betroffen zu seinem Herrchen hoch.

Als die kleine Kunsterzieherin mit ihrem Weimaraner erscheint, kippt die Stimmung. Bei dem Versuch, dem Pfeifenrauch auszuweichen, erwischt die Dogge die Frau mit ihrer mächtigen Flanke. Die Frau kommt zu Fall, der Weimaraner macht sich, aufs äußerste erregt, los und versucht, den Rauhaardackel von hinten zu nehmen, oder wie das bei Hunden heißt. Beiden Kollegen, die sich noch nie besonders «grün» waren, ist der Vorgang mehr als unangenehm: Ihre Hunde sind im Begriff, eine körperliche Intimität herzustellen, mit der sie absolut nicht umgehen können, und dann auch noch die Sache mit dem Rauchen und dass die Schüler alles mitkriegen (sorry: «trotzdem» alles mitkriegen, muss es natürlich heißen), und gleich ist wieder Unterricht. Herrlich, ich glaube, ich sollte nochmal zur Schule gehen.

Heimlich eine zu qualmen hat schon eine großartige Romantik. Das Rauchen sollte generell verboten werden, klare und faire Lösung. Es würde sich rasch ein florierender Schwarzmarkt entwickeln. Viele Raucher rauchen ja ohnehin schon heimlich. Politiker und Sportler zum Beispiel oder auch EU-Gesundheitsminister. Oder Menschen, die den Anfängerfehler begehen, mit dem Rauchen aufzuhören, und dies zu früh öffentlich bekannt geben.

Der Klassiker unter den Ich-werde-nicht-mehr-rauchen-Szenarien ereignet sich meist an Silvester, bei einem netten Essen zu sechst oder zu acht, im Grunde wie beim Dirk. Unter dem Eindruck des bevorstehenden Jahreswechsels, der gerade überstandenen Weihnachtszeit und eines Gefühls von genereller Sinnlosigkeit sagt einer ganz spontan um kurz vor zwölf: «Und wisst ihr was, Leute? Diese Zigarette wird die letzte meines Lebens sein.» Entschlossen drückt der unglückliche Mensch die vermeintlich Letzte im «Aschi» aus und wähnt sich kurzfristig an der Schwelle zu einem neuen, positiven Lebensabschnitt. Bereits um zwanzig nach zwölf, nachdem alle Neujahrswünsche ausgetauscht sind und sich zügig die übliche vorverkaterte Kehrausstimmung solcher Veranstaltungen breit macht, die man im Grunde nur ketterauchend ertragen kann, schwant dem Neuling im Club der Nichtraucher, dass er ohne Not in die eigene Falle getappt ist. Denn nur zwanzig Minuten nach dem öffentlichen Bekenntnis überlegt er, wie er seine engsten

Freunde und seinen Partner am unauffälligsten hintergehen kann. Den Entschluss, sie zu betrügen, hat er bereits um Viertel nach zwölf gefasst, es geht ihm jetzt nur noch um das Wann und Wo. Da sieht er ein paar Halbwüchsige auf der Straße böllern. Schnell gibt er vor, er müsse jetzt einfach mal kurz vor die Tür, ein Jahreswechsel ohne den «Geruch der Straße» sei einfach kein richtiger Jahreswechsel. Und da es ja, um Böller anzuzünden, nichts Besseres gibt als eine brennende Zigarette, findet sich der frisch gebackene Nichtraucher bereits zwei Minuten später mit seiner ersten heimlichen Zigarette in der Kälte wieder. Er hält sie in der hohlen Hand versteckt und achtet mit Argusaugen darauf, ob sich nicht auch andere Gäste, die seinem Abstinenzschwur beigewohnt haben, zufällig auf der Straße einfinden.

Es gibt übrigens erstaunlich viele intelligente und selbstbewusste Frauen, die ihren Eltern verschweigen, dass sie rauchen. Ich finde, das ist ein ganz seltsames Phänomen in der ohnehin schon kaum durchschaubaren Beziehung zwischen erwachsenen Frauen und ihren Müttern. Typische Situation: Mutter und Tochter am Telefon. Die Tochter zündet sich wie bei jedem schwierigen Telefongespräch eine Zigarette an und wird, unmittelbar nachdem das Feuerzug zugeschnappt ist, von ihrer Mutter streng gefragt: «Sag mal, du rauchst doch nicht etwa?» Der Tochter fällt die Zigarette aus dem Mund. «Nein, nein, Mami, ich habe nur gerade das Fenster zugemacht», oder so ähnlich.

Ich kenne eine Frau, die sich das Rauchen abgewöhnen wollte und für ein paar Tage zu Besuch bei ihren Eltern war. Im Gepäck hatte sie den Bestseller «Für immer Nichtraucher» von diesem dummen Amerikaner, den sie aber nur heimlich, nachts unter der Bettdecke mit einer Taschenlampe, lesen konnte, damit ihre Mutter nichts merkt. Ein Phänomen, das ich tiefenpsychologisch mal in aller Ruhe ausdeuten muss, wenn ich von diesem Balkon weggekommen bin. Einstweilen kann ich nur meinen eigenen autobiographischen Beitrag zu diesem Thema leisten, und schon wieder geht es um Hunde. Ich weiß gar nicht, was ich auf einmal mit Hunden habe.

Vor vielen Jahren wurde ich mal mit dem Notarztwagen von der Arbeit abgeholt, weil ich von einer plötzlichen Panikattacke befallen wurde. Der Grund: akute Atemnot, was bei Rauchern natürlich besonders hi-hi-himäßig daherkommt. Auf meinem Einlieferungsbescheid stand schlicht und schmucklos: «Patient gibt an, unter Todesangst zu leiden.» Wie sich später herausstellte, hatte die Panikattacke aber keine raucherspezifischen Ursachen. Die Diagnose lautete schlicht: Wirbelblockade. Dummerweise hatte ich, bevor ich das erfuhr, gemeint, es sei zweckdienlich, vorübergehend mit dem Rauchen ein wenig kürzer zu treten. Einem ausgewählten Personenkreis, zu dem auch meine Eltern gehörten, habe ich wohl auch erzählt, ich werde fortan gar nicht mehr rauchen, was ich natürlich nach nur kurzer Zeit revidieren musste.

Als ich für ein paar Tage zu meinen Eltern fuhr, fing das Schmierentheater schon bei der Anreise an. Normalerweise hätte ich bei geöffnetem Fenster und lauter Musik auf den letzten paar hundert Metern schnell noch ein bis zwei Zigaretten auf Vorrat weggezogen. Ging natürlich gar nicht, bei offenem Fenster im Auto rauchen: Da hätte ich mich gleich am ganzen Körper mit dem Inhalt von zwanzig randvollen Aschenbechern einreiben können. Die herzliche Umarmung mit den Eltern hätte dann weniger herzlichen als verräterischen Charakter gehabt. Also parkte ich den Wagen am Waldrand vor der letzten Abzweigung, taxierte die Windrichtung und versuchte so zu rauchen, dass nichts in Haaren und Textilien hängen blieb. Allein das war schon restlos lächerlich: mit Anfang dreißig heimlich am Waldrand stehen, den Filter mit spitzen Fingern zum Mund führen und in Windrichtung ausatmen. Völlig sinnlos. Egal, ob mit oder gegen den Wind, jeder Nichtraucher riecht, ob jemand zwei Minuten zuvor geraucht hat. Vor allem, wenn es sich bei dem Nichtraucher um die eigenen Eltern handelt.

Es gab natürlich gut zu essen und zu trinken, und am Ende einer wunderbaren Mahlzeit wäre nichts schöner gewesen, als genüsslich eine zu rauchen. Was aber nicht ging. Der ganze Abend war verdorben. Ich ging früh schlafen, schwitzte viel, träumte heftig. Als ich gegen elf aufwachte, war ich so auf Entzug, dass ich mir zuerst mal in den Daumennagel biss.

Schon auf dem Weg zum Frühstück überlegte ich mit der verzweifelten Sinnenschärfe des Süchtigen, wie ich plausibel dem Blickfeld meiner Eltern entkommen könnte. Leergut fiel mir ein und Altpapier. Nur kann man unmöglich noch vor dem ersten Schluck Kaffee vorschlagen, Leergut und Altpapier zu entsorgen. Vor allem nicht, wenn man sich in den vorangegangenen dreißig Jahren eher am Rande dafür interessiert hat. Andererseits fordern Kaffee und Brötchen relativ zügig den anschließenden Genuss einer Reihe von Zigaretten, zumal wenn der Vorabend schon durch Unterversorgung gekennzeichnet war.

Ich spülte also schnell das letzte Brötchen mit Kaffee

hinunter und sagte so beiläufig wie möglich: «Sagt mal, wenn ich schon mal hier bin, könnte ich mich doch auch ein wenig nützlich machen. Wie steht's denn mit Leergut und Altpapier, ich wette, das Zeug stapelt sich schon bei euch in der Garage.»

«Weiß ich nicht», sagte meine Mutter desinteressiert. Vater las den Wirtschaftsteil, er hatte nicht einmal hingehört.

«Also, bei mir stapelt sich das Zeug in kurzer Zeit zu absurden Mengen», log ich und massierte mir die Fußsohlen – die einzige Maßnahme, die mir kurzfristig Erleichterung verschaffte.

«Ihr habt aber gar nicht so viel, oder?», fragte ich meinen Vater.

«Was?» Er sah von seinem Wirtschaftsteil auf.

«Der Junge fragt, ob er Leergut und Altpapier wegbringen soll», sagte meine Mutter.

Vater lächelte, tätschelte seinem Sohn das Knie und sagte: «Danke, wir kommen schon klar. Weißt du, in unserem Alter braucht man nicht mehr so viel ...»

Aber ich brauchte, und zwar dringend. Mir brach der Schweiß aus, und mittlerweile musste meinen Eltern aufgefallen sein, wie intensiv ich mir die Fußsohlen knetete. Aber ich war schon an dem Punkt angelangt, wo mir das egal war.

«Also, ich gehe jetzt mal gucken», sagte ich.

In der Garage fand ich zwei leere Flaschen Staatlich Fachinger und drei Ausgaben von *TV Hören und Sehen*. Scheiße. Ich musste mir was einfallen lassen, und zwar schnell. Nicht gerade leicht, wenn man auf Entzug ist. Die Nachbarn, die machen doch immer einen auf ökologisch korrekt, wäre doch mal einen Blick wert, was die so in ihren Mülltonnen haben. Ach, guck mal an, eine Plastiktüte voll mit Leergut und drei Kilo Altpapier. Nichts wie raus damit und zurück zu den Eltern.

«Da war doch mehr, als ihr dachtet», log ich ungerührt, «ich bring's mal weg. Weg ist weg.»

Die vier Zigaretten, die ich in landschaftlich wenig ansprechender Atmosphäre neben den Containern gierig wegzog, hielten ungefähr anderthalb Stunden vor, danach war ich in derselben Verfassung wie nach dem Frühstück. Und fing wieder an nachzudenken. Wann hatten die Alten eigentlich das letzte Mal den Kamin angemacht? Und frisches Holz aus dem angrenzenden Forst geholt?

«Ach, Junge, der Kamin, da müssten wir erst mal jemanden kommen lassen, ob der überhaupt noch zieht.»

Ich hätte gerne nachgefragt, ob man es nicht einfach mal auf den Versuch ankommen lassen sollte, musste aber vorsichtig sein. Die Eltern kannten ihren Sohn eher lethargisch, jetzt brachte er nicht vorhandenes Leergut weg und wollte den stillgelegten Kamin reaktivieren – das weckte Misstrauen.

Ich ging nach draußen, stimulierte einen Akupressurpunkt, der bei Entzugserscheinungen Linderung verschaffen soll, aber es half nur für kurze Zeit. Im Garten sah ich zum Nachbarn meiner Eltern hinüber. Der alte Mann hatte zeit seines Lebens nichts anderes getan, als zu pöbeln, zu streiten und zu denunzieren und hielt sich folgerichtig einen Spitz, der bellte, biss und zerrte. Bisher hatte ich mich von beiden erfolgreich fern halten können.

Vielleicht sollte ich einfach mal zu ihm hingehen und sagen: «Guten Tag, ich bin der Sohn Ihrer Nachbarn, ich wollte mich mal nach dem Befinden Ihres Hundes erkundigen.» Ich hatte Schwein, der Spitz kam mir zuvor, ein abstoßender, kleiner Köter, der mich feindlich anblaffte und sich im Zaun festbiss. Der Alte folgte im Stechschritt, so weit es sein körperlicher Zustand zuließ. Als er in Rufweite war, sagte ich mit öliger Verbindlichkeit: «Na, Ihr Spitz ist ja noch gut unterwegs, der braucht sicher eine Menge Auslauf, oder?»

Der Mann sah mich misstrauisch an, rief seinen Spitz zu sich und wollte schon wieder umkehren. Jetzt musste ich alles auf eine Karte setzen, der miese Alte und seine fiese Töle waren meine letzte Chance.

«Ich wollte gerade etwas frische Luft schnappen, wenn Sie wollen, nehme ich den kleinen Kerl da» – jovial zeigte ich auf das bissige Miststück – «gerne mit.» Der Alte blinzelte mich argwöhnisch an. «Nur eine Viertelstunde, dann haben Sie Ihr Goldstück wieder, einverstanden?»

«Na gut», brummte der Alte missmutig. Ein bisschen Dankbarkeit hätte er schon zeigen können.

«Ich bin gleich wieder da», sagte ich und erzählte meinen Eltern schnell von meiner neu geschlossenen Freundschaft («Das arme Tier kommt ja sonst nie raus!»). Sie sahen mich an, als hätte ich ihnen gerade mitgeteilt, ich wandere nach Nairobi aus, um dort einen Nachtclub zu eröffnen.

Der Hund mochte mich nicht. Vermutlich ahnte er den Schwindel. Er lief auf mich zu und biss mich erst einmal in die Spitze meines dicken Winterschuhs. «Ist ja ein ganz Frecher», scherzte ich matt und nahm die Leine entgegen.

«Eine Viertelstunde und keine Minute länger», mahnte der Alte. «Und wenn ihm irgendwas passiert, dann lernen Sie mich von meiner unfreundlichen Seite kennen, junger Mann.»

Abgesehen davon, dass ich ihn bisher überhaupt nur von seiner unfreundlichen Seite kennen gelernt hatte und dass ich Leuten, die mich mit «junger Mann» anreden, unter normalen Umständen sofort eine Ohrfeige verpasse, tröstete ich mich damit, dass der Alte in absehbarer Zeit die Rentenkassen ein Stück mehr entlasten würde und der Spitz ins Heim müsste.

Die ersten Meter gestalteten sich etwas schwierig, weil sich der Spitz mit seinen bösen kleinen Zähnen in meinem Schuh festgebissen hatte. Ich trug ihn also eher mit dem rechten Fuß spazieren, als mit ihm Gassi zu gehen. Hinter der nächsten Straßenecke war ich außer Sichtweite und gab ihm erst mal einen gezielten, mittelkräftigen Tritt. Damit hatte er nicht gerechnet. Sofort ließ er locker und wollte heim. Ich zog ihn an der Leine hoch, ließ ihn einige Zentimeter über dem Boden baumeln, sah ihm tief in seine bösen, kleinen Augen und sagte: «Spitz, pass auf: Wir gehen jetzt schön Gassi, und wenn du irgendwelche Zicken machst, spiele ich mit der Scheinhinrichtung. Haben wir uns verstanden?»

Ich setzte das Tier wieder auf seine Pfoten und wollte weiter, aber der Spitz weigerte sich. Also schleifte ich ihn über den Bürgersteig, bis ich an der nächsten Straßenecke endlich eine rauchen konnte. Mit der freien Hand friemelte ich eine Marlboro aus dem Anorak und zog mein Sturmfeuerzeug aus der Hosentasche. Mit der anderen Hand, mit der ich das Halsband umklammert hielt, versuchte ich die Flamme zu schützen. Es war windig, und der Spitz zerrte mit erstaunlicher Kraft heimwärts. Meine Schutzhand folgte ihm unwillkürlich, und die Flamme ging aus. So was kann ich ja gar nicht leiden. Ich zerrte an der Leine, ließ sie dann wieder locker und sagte drohend: «Spitz, habe ich mich eben nicht klar genug ausgedrückt?»

In diesem Augenblick bog ein Mann in Jogginganzug und mit frisch geföhntem Haar um die Ecke. Er hatte einen Husky an der Leine, der sich intensiv für einen Vogelkadaver zu interessieren schien, daher blieb er kurz stehen.

«Na, müssen Sie auch raus bei diesem Sauwetter?», fragte ich in dem Versuch, über unser gemeinsames «Hobby» Nähe herzustellen.

Der Mann ging gar nicht darauf ein. Er rauchte, zeigte auf den Spitz und fragte scharf: «Ihr Spitz?»

«Nicht direkt», antwortete ich, «er gehört meinem Nachbarn beziehungsweise dem Nachbarn meiner Eltern. Ich bin nur zu Besuch hier. Aber wir zwei werden uns schon anfreunden, was, Kleiner?», sagte ich zum Spitz und streckte meine Hand aus, vergaß aber, dass ich noch die Zigarette zwischen Mittel- und Zeigefinger hatte. Das sah nicht gut aus, vor allem aus der Sicht anderer Hundehalter.

Mir wurde das alles langsam zu viel, der Typ mit dem Husky machte mich nervös. Was, wenn der sich mit mir prügeln wollte? Ich versuchte es mit einem Scherz:

«Na, mein Kleiner, findest auch, dass dein Herrchen zu viel raucht, gell?» Und zu dem Husky-Besitzer: «Schönen Tag noch!»

Weg war er, Schwein gehabt. Der Spitz zerrte jetzt noch heftiger, und ich beschloss, endgültig klar zu machen, wer hier der Herr im Hause war. Ich knotete die Leine an einen Laternenpfahl, setzte mich auf die Bordsteinkante und steckte mir in Ruhe eine an, genau einen halben Meter außerhalb seines Bewegungsradius. Völlig außer sich tobte der Spitz auf seinen kurzen Hinterbeinen und hätte mich am liebsten in die Nase gebissen. Ich blies dem kleinen Vieh den Rauch in die Nase und freute mich des Lebens.

Drei Zigaretten später schob eine Frau mit ihrem Berner Senner vorbei, stoppte, sah sich um und fragte: «Das ist nicht Ihr Hund, oder?»

«Nee, nee, um Gottes willen. Ich weiß auch nicht, wer den hier angebunden hat. Aber keine Sorge, ich bin noch ein bisschen hier. Wenn keiner kommt, um das arme Tier zu erlösen, kümmere ich mich darum.»

«Na dann ist ja gut», sagte die Frau und ging weiter.

«Tierheim», sagte ich halblaut zum Spitz, «hast du mich verstanden? Tierheim, dagegen ist Scheinhinrichtung noch ein richtiger Spaß.»

Artig lief der Spitz neben mir bei dem Alten ein. «Ein reizendes Tier», sagte ich, «morgen früh wieder?»

Als ich die paar Schritte zum Haus meiner Eltern ging, war mir schwindelig. Acht Zigaretten in zwanzig Minuten, kein Wunder.

Die Sache mit dem Hund lässt mich irgendwie nicht los. Warum denke ich seit einer Stunde an nichts anderes als an Rauhaardackel, Weimaraner und Doggen? Ich wollte doch nie einen Hund. Vielleicht habe ich mir einfach noch nicht eingestanden, wie einsam ich mich als letzter Raucher fühle. Besonders hier auf dem Balkon wäre es schön, jemanden an meiner Seite zu haben. Jemanden, der keine Fragen stellt, der einfach nur da ist, wenn man ihn braucht. Ein Bernhardiner zum Beispiel, groß und intelligent genug, um vom Balkon hinabzuspringen und zur nächsten Tankstelle mit Nachtschalter zu laufen. Dort würde er mit seiner warmen, rosigen Pfote vier Euro über den Tresen schieben, mit der anderen die Schachtel in Empfang nehmen, behutsam zwischen die Zähne klemmen und rasch wieder zu seinem Herrchen zurückeilen.

Bernd. Ja, ich glaube, ich würde ihn Bernd taufen. Bernd würde mit wachen Augen und heraushängender Zunge vor dem Balkon auftauchen und auf mein Kommando: «Bernd, mach hopp!», mit einem mächtigen Satz hinaufspringen und mir die frische, original verpackte Packung Marlboro Lights präsentieren.

«Braver Kerl, Bernd, gut gemacht.»

Okay, ich würde die Packung schon nochmal kurz an meiner Hose abwischen – man weiß ja nie, wo Hunde unterwegs noch dran sind.

Ein Bernhardiner. Wenn ich hier jemals rauskomme, werde ich mir einen Bernhardiner suchen und mit ihm zusammen ein neues Leben anfangen. Nur wir zwei, der Bernd und ich.

9 Ohne Filter kostet extra

2 Uhr 7: noch 13 Zigaretten

Wobei ich mir gar nicht sicher bin, ob man heutzutage einem Raucher überhaupt noch einen Hund verkaufen würde. Tierschutzverbände sollten mal untersuchen lassen, ob sich Raucherhunde von Nichtraucherhunden – stopp, was rede ich da für einen Blödsinn? Hunde rauchen doch gar nicht. Ich meine natürlich, ob sich Hunde von rauchenden Hundehaltern nicht signifikant von Hunden von nichtrauchenden Hundehaltern unterscheiden, zum Beispiel durch stumpferes Fell, schlechtere Qualität der Spermatozoen, Atemnot etc. Das wäre doch mal eine praxisnahe Fragestellung für angehende Veterinärmediziner. Sollte sich herausstellen, dass Hunde von rauchenden Hundehaltern Auffälligkeiten zeigen, müsste schnell und konsequent gehandelt werden. Am besten gleich im Rahmen einer EU-Verordnung müsste sichergestellt werden, dass Züchter ihre Hunde nicht in die Hände eines Rauchers geben. Das wäre ein ganz starkes Signal aus Brüssel.

«Ein Herz für Hunde» könnte eine solche Kampagne heißen – Raucher sollten in dem Slogan erst gar nicht erwähnt werden. Die Kampagne würde für eine artgerechte Hundehaltung eintreten und sicherstellen, dass unschuldige Berner Senner nicht dem Qualm ihrer Halter ausgesetzt werden oder beim Gassigehen «trotzdem alles abkriegen». Das wäre ein kleiner, aber bedeutender Schritt in die richtige Richtung. Man will das Rauchen ja auch nicht generell verbieten, weiß ohnehin jeder, dass das nicht funktioniert. Man will uns einfach nicht mehr rauchen sehen, nicht im Job, nicht in der Kneipe, nicht auf Bahnhöfen, bald auch nicht mehr auf der Straße, egal, ob mit oder ohne Hund. Es gibt Raucher, okay, das ist schlecht, lässt sich aber nicht ändern. Dann raucht aber bitte schön dort, wo wir es nicht mitkriegen.

Das erinnert mich an die Olympischen Spiele 1984 in Los Angeles, als die Verantwortlichen den Straßenstrich von Hollywood (da, wo Hugh Grant und so) in die Außenbezirke verlegen ließen. Eine völlig unverständliche Maßnahme, zumal ein olympisches Dorf ohnehin nichts anderes ist als ein gigantischer Puff, nur dass dort niemand für Sex bezahlen muss. Kann mir doch keiner erzählen, dass ein paar tausend kräftige und gesunde junge Menschen wochenlang fern der Heimat einkaserniert werden, ohne dass da was passiert. Schade, dass es zu dem Thema keine Schmuddelfilme wie in den sechziger und siebziger Jahren gibt. «Vom Treppchen ins Bettchen – blutjunge Olympioniken und ihre schärfsten Leibesübungen». Klingt doch gut.

Im Grunde ist der Straßenstrich der ideale Ort, um Raucherzonen einzurichten. Da hätte man doch zwei Randgruppen, die unsere Gesellschaft zwar duldet, aber nicht zu sehen wünscht, sauber beisammen. Und wer weiß, vielleicht wäre da ganz nebenbei sogar noch ein schneller Euro zu verdienen, ich meine, für uns Raucher. Es gibt bestimmt eine Menge perverser Nichtraucher, für die es der Kick schlechthin wäre, mal mit einem Raucher ... Natürlich ohne Sex.

Für dreißig Euro müsste ich nichts weiter tun, als auf dem Beifahrersitz eine zu rauchen, während mein Freier mit mir um den Block fährt. Gar keine üble Idee. Einfach nur gepflegt den Wagen zuqualmen und nach zehn Minuten wieder aussteigen. Tagsüber könnte ich einen geilen Telefonservice anbieten, bei dem nur geraucht wird: 0190 – 253475. Ich rauche, bis du kommst. Mal sehen, ob ich das hinbekäme:

«Hallo? Wer bist du denn?»

Schweigen.

«Hallo, bis du noch da?»

Neukunden sind am Anfang immer etwas schüchtern. Schweigt, bleibt aber dran, gutes Zeichen.

«Du musst jetzt nichts sagen. Wenn du willst, erzähle ich dir erst mal ein bisschen was über mich, und du hörst einfach zu, okay?»

Immer noch Schweigen. Könnte ein Weichei sein und gleich einen Rückzieher machen, könnte aber auch ein guter Kunde werden. Mal antesten.

«Ich bin zu Hause, ich bin alleine, und vor mir liegt eine frische, original verpackte Schachtel Zigaretten. Jetzt ziehe ich die Folie am Kopfende auf.»

Ich halte die Packung näher an den Hörer.

«Jetzt mache ich sie auf und ziehe ganz vorsichtig das Silberpapier heraus. Kannst du das hören?»

Zustimmendes Ächzen in der Leitung. Scheint zu funktionieren.

«Soll ich weitermachen?»

Rauschen in der Leitung, wieder Ächzen, dann – endlich – leises Wispern: «Ja, bitte mach weiter.»

«Okay. Ich werde jetzt so lange mit meinem Mittelfinger gegen den Packungsboden klopfen, bis die ersten Filterköpfe herausrutschen. Soll ich das machen?»

«Ja, bitte.»

Na also.

«Hör gut zu, ich fange jetzt an.»

Klopf, klopf, klopf.

«Noch kein Filter zu sehen.»

Zeit schinden. Zeit ist Geld. Und zappeln lassen. Erregung passiert nicht auf Knopfdruck, sie braucht Zeit.

«Soll ich ein bisschen fester klopfen?»

Schweigen in der Leitung. Wieder leises Ächzen.

«Ja, bitte ein bisschen fester.»

«Das hast du schön gesagt.»

Immer loben, auch wenn es nichts zu loben gibt.

«Ich kann schon die ersten Filter sehen. Soll ich eine für dich rausziehen?»

«Ja, bitte, zieh sie raus.»

Super, jetzt hängt er am Haken.

«Okay, ich nehme jetzt den Filter zwischen Daumen und Zeigefinger und ziehe ganz langsam daran. Ist es so okay für dich?»

«Können wir es auch ohne Filter machen?»

Ach, guck mal einer an.

«Du bist ja hart drauf.»

Betretenes Schweigen.

«Ohne Filter kostet aber extra.»

«Okay.»

«Gut, dann müssen wir nochmal von vorne anfangen. Filterlose sind im Soft-Pack, da hört sich das Klopfen anders an. Hältst du es noch aus?»

Wieder Ächzen. Schon manchmal sehr einseitig, diese Gespräche, aber bitte.

«Das wird sich aber nicht so hart anhören. Ein bisschen weicher, etwas schmatzender. Magst du das?»

«Ja.»

«Hör gut zu.»

Ditsch, ditsch, ditsch.

«Die Erste kommt raus, ziemlich weit, jetzt noch eine und noch eine …»

«Kannst du sie rausziehen und in den Mund nehmen?»

Jetzt will er schmutzig werden. Zappeln lassen.

«Mache ich gleich, aber ich ziehe sie erst mal ganz vorsichtig aus der Packung. Kannst du das hören? Nein? Gut, dann stecke ich sie nochmal rein und ziehe sie wieder raus. Kannst du hören, wie sich das Filterpapier am Packungsrand reibt? Hört sich schön an, oder? Soll ich es nochmal machen?»

«Einmal noch, dann bitte rausziehen.»

«Okay, ich nehme sie noch einmal raus, ganz langsam. War das schön für dich?»

Schweigen, Ächzen.

«Ja.»

«Ich klemme sie jetzt zwischen Zeige- und Mittelfinger und sehe sie mir ganz genau an. Soll ich sie dir beschreiben?»

«Sag mir, wie sie riecht.»

«Soll ich sie der Länge nach unter der Nase durchziehen oder einfach nur ein bisschen an der Spitze schnuppern?»

Schnuppern – Mist, das ist mir jetzt ganz blöde rausgerutscht. «Schnuppern», das ist ja der Abtörner schlechthin. Hoffentlich legt er jetzt nicht auf.

«Unter der Nase durch, bitte.»

Gott sei Dank, nochmal Schwein gehabt.

«Sie riecht nach Papier, das lange in Rosmarin gelagert wurde. Aber auch nach Honig und Feigen.»

Das Poetische liegt mir nicht so besonders. Schnell das Thema wechseln.

«Soll ich sie jetzt anzünden?»

«Ja.»

«Streichhölzer, Feuerzeug oder Kerze?»

«Streichhölzer, bitte, ganz lange.»

«Jetzt willst du es aber wissen.»

Für die Streichholzfetischisten habe ich immer eine Packung Bengalisches Feuer in Reserve, die zischen schön laut und lange.

«Willst du hören, wie sie beim Anzünden knistert?»

Eigentlich knistern Zigaretten gar nicht besonders laut, wenn man sie anzündet. Die meisten wollen es aber unbedingt knistern hören, deswegen habe ich immer eine Hand voll zusammengeknülltes Silberpapier neben dem Hörer liegen.

«Ja, bitte.»

Zisch, knister, knister.

«Willst du, dass ich einen tiefen Lungenzug nehme, oder soll ich erst mal kräftig anpaffen und dann auf Lunge gehen?»

Bei Stammkunden, so genannten Stammis, geht das alles viel schneller, da muss man nicht mehr den ganzen Fragenkatalog abarbeiten, sondern kann sofort zur Sache kommen. Erstkontakte sind dagegen harte Arbeit. Manchmal gar nicht so einfach, sich dabei noch aufs Bügeln zu konzentrieren. Scheiße, beinahe hätte ich den linken Kragen versengt. Ich sollte langsam mal zum Ende kommen. «Bringt doch nichts», wenn ich jetzt einmal richtig absahne und der Typ am Monatsende seine Telefonrechnung sieht und nie wieder anruft, weil er in Ohnmacht gefallen ist.

«Was ist jetzt, Paffen oder gleich auf Lunge?»

Schweigen in der Leitung. Ist der etwa schon gekommen?

«Tief auf Lunge bitte, und so lange wie möglich ausatmen.»

An der Stelle kann man gut faken – man muss es nur professionell machen. Einatmen, ausatmen. So, wird langsam Zeit, zum Ende zu kommen.

Also, ich könnte mir das vorstellen. Wenn sich meine Rumänienpläne zerschlagen und es tatsächlich einmal einen Markt dafür geben sollte – warum nicht? Solange es Leute gibt, die Spaß daran haben …

Was ich beim Telefonsex überhaupt nicht mitbekommen habe: Es hat getaut. Der Schnee ist weg, der Himmel klar, ich kann die Sterne sehen. Etwas kälter ist es geworden. Ich glaube, ich mache mir noch ein Fläschchen Margaux auf. Umwickeln, den richtigen Winkel anpeilen, konzentrieren – ist im Grunde nichts anderes als Karate – und zack! T-Shirt ist sauber geblieben, Flaschenhals rund, schade, dass mir keiner zugeguckt hat.

Straßenstrich, Bengalisches Feuer, ditschen. Mensch, Mensch, Mensch, ich muss aufpassen, dass ich nicht wunderlich werde hier draußen. Eigentlich müsste ich dringend ein bisschen schlafen. Aber was, wenn ich jetzt einschlafe und der Dirk kommt nach Hause? Das darf auf keinen Fall passieren. Vielleicht sollte ich noch eine rauchen. Und noch eine und dann noch eine. Ja, so werde ich es machen: Ich rauche, bis du kommst, Dirk.

10 Riiisiiikooo!

2 Uhr 22: noch 11 Zigaretten

Das mit dem Straßenstrich muss ich mir nochmal in Ruhe überlegen. Selbst wenn man gute Kollegen und Kolleginnen hat, die sich jedes Kennzeichen notieren: Man weiß ja nie, bei wem man da einsteigt. Auf der anderen Seite zähle ich als Raucher ja ohnehin zu einer Risikogruppe beziehungsweise werde zu einer Risikogruppe gezählt. Zusammen mit Dicken, Trinkern und Menschen, die weder Obst noch Gemüse mögen und keinen Sport treiben. Keine schlechte Gesellschaft, finde ich. Außerdem ist Risiko an sich ja kein negativer Begriff.

Ich weiß nicht, ob sich außer mir noch jemand an den rhetorisch leicht unbeholfenen, dafür stark transpirierenden Showmaster «Big» Wim Thoelke und seine Sendung «Der große Preis» erinnern kann. Die Kandidaten wurden zu ihrem jeweiligen Fachgebiet befragt und bekamen für jede richtige Antwort zweihundert Mark. In der zweiten Runde stellte Thoelke dann in unregelmäßigen Abständen eine Risiko-Frage. Hier musste der Kandidat einen Teil seines Guthabens setzen und innerhalb von dreißig Sekunden die Frage beantworten. Das Studio verdunkelte sich, und Thoelke rief mit beschwörender Stimmte: «Riiisiiikooo!»

In seinem Vertrag stand übrigens, er dürfe ein gewisses Körpergewicht nicht unterschreiten, weil das auf

Kosten seiner gemütlichen Ausstrahlung gehe – habe ich jedenfalls mal gehört. Ich finde es bemerkenswert, dass es Zeiten gab, in denen Übergewicht Bestandteil eines Arbeitsvertrages war. Heute stellt ein ausgemergelter Jauch die Fragen. Hat uns das weitergebracht?

Was bedeutet es eigentlich, ein Risiko einzugehen? Zur Klärung dieser Frage muss ich mir mal einen ganz normalen Tag meiner Kindheit vor Augen halten – und ich spreche nicht von einer besonders rauen Nachkriegskindheit, ich spreche von einer überbehüteten Vorortkindheit in den späten sechziger Jahren –, und ich bekomme noch rückblickend feuchte Handinnenflächen: mit einem Schulranzen ohne Reflektoren zur Schule gegangen und Straßen ohne Zebrastreifen überquert. Auf einem nicht asphaltierten Schulhof ohne Tetanusimpfung Fangen gespielt, hingefallen, Knie blutig geschlagen, mit schmutzigen Händen die Wunde angefasst. Mengenlehre gehabt. Auf dem Nachhauseweg ungewaschenes Obst gegessen, am Nachmittag auf Bäume geklettert, Feuer gemacht, mit Fremden mitgegangen, über Gräben gesprungen, das Ziel verfehlt und mit nassen Füßen weitergespielt. Schneeballschlachten gemacht und dabei Steinchen abbekommen, die irreparable Schäden an der Netzhaut herbeiführen können. Mit vollem Bauch schwimmen gegangen, mit rostigen Nägeln in Steckdosen rumgespielt, Softeis gegessen, Kartoffeln im Lagerfeuer gegart und die verkohlte Schale mitgegessen. In unmittelbarer Nähe von Hochspannungsmasten Drachen steigen lassen, auf der Straße Ball gespielt, ohne Zähne zu putzen ins Bett gegangen, beim Fußballspielen den Ball von älteren Kindern mit voller Wucht ins Gesicht bekommen, von älteren Kindern verhauen worden, von anderen Kindern beklaut worden, selber geklaut und beinahe erwischt worden. Beim Rodeln auf der Todesbahn den Kopf eingezogen und nur knapp unter dem Stacheldraht durchgerauscht, nach einem Kindergeburtstag von Eltern mit dem Auto abgeholt worden, die gar nicht Auto fahren konnten, von älteren Geschwistern beaufsichtigt worden, die sich noch nicht mal ihre Schuhe selber zubinden konnten, die Kubakrise überlebt, als erstes Fernseherlebnis «Landarzt Dr. Brock» mit Rudolf Prack überlebt: Mein Gott, das war kein Risiko, das war Leben auf dem Drahtseil!

Wer solche oder ähnliche Zeiten durchgemacht hat, kann nur trocken darüber lachen, als Risikogruppe eingestuft zu werden. Natürlich lache ich nicht darüber. Ich würde mir nicht erlauben, mich über einen solch existenziellen Begriff wie den des Risikos lustig zu machen. Ich mache mir ja selber tausend Gedanken darüber, auch und gerade als Raucher.

Direkt bei mir gegenüber ist ein Kiosk, um nur mal ein Beispiel aus meinem normalen Raucheralltag zu nennen. Dort kaufe ich meine Zeitung und – innerhalb der Ladenöffnungszeiten – meine Zigaretten, in der Regel drei Schachteln: «Zweimal Sperma, einmal gar nicht erst anfangen, bitte», sage ich meistens. Um den Kiosk zu erreichen, muss ich eine Kreuzung mit Fußgängerampel überqueren. Da es nur ein paar Meter sind, mache ich mir bei trockenem Wetter oft nicht die Mühe, festes Schuhwerk anzuziehen, und laufe in Hausschuhen – Marke Romika, beige. Vom Treppenhaus aus kann ich bereits die Ampel einsehen. Steht sie auf Grün, packt mich der Ehrgeiz, die Ampel noch zu kriegen. Ich reiße die Tür auf, beschleunige auf den fünf Metern bis zur Kreuzung und erreiche eine Geschwindigkeit, die mich selbst erstaunt.

Immerhin bin ich starker Raucher und treibe faktisch keinen Sport. Auf der Mitte der Kreuzung taucht dann regelmäßig folgendes Problem auf: Die Ampel der von der gegenüberliegenden Straße links abbiegenden Fahrzeuge zeigt Grün. Sie achten natürlich auf den Gegenverkehr, per Schulterblick auf Fahrräder und auf Fußgänger, die an der Ampel warten oder gerade die Kreuzung überqueren. Was sie nicht ahnen können, ist, dass, während sie abbiegen, unmittelbar vor ihrer Motorhaube, praktisch aus dem Nichts heraus, ein Mensch erscheint, der mit expressiv rudernden Armen, zerzaustem Haar und beige Hausschuhen der Marke Romika versucht, im Endspurt die grüne Ampel zu packen. Die Fahrzeughalter haben in der Regel noch nicht mal die Chance, ihren Fuß in Richtung Bremspedal zu bewegen, so schnell bin ich. Sie haben nur noch Zeit, sich furchtbar zu erschrecken.

So kommt es, dass ich im Schnitt vier- bis fünfmal pro Woche angefahren werde. Dabei passiert mir so gut wie nichts, ich bin mittlerweile geschult im Angefahrenwerden. Sobald ich das Auto vor mir sehe, springe ich hoch, ziehe die Beine an, lande mit dem Gesäß auf der Motorhaube und rolle mich mit einer geschmeidigen Bewegung ab. Ich betrete den Kiosk. Auch das ist eine Folge des Rauchens, die mich einsam macht, die mich isoliert: Letzte Woche erzählte jemand völlig außer sich, er sei beinahe angefahren worden. Gott ja, dachte ich, was soll ich dazu jetzt sagen?

Genauso gut könnte ich für den Rest der Nacht über die völlig normalen Risiken von Nichtrauchern räsonieren. Gesundheitliche, psychische und materielle Risiken. Könnte ich machen, aber das ist doch völlig klar, oder? Dass jedem von uns ständig etwas ganz und gar Entsetzliches passieren kann. Und dass wir jeden Tag Dinge tun, die ein tödliches Risiko in sich bergen, ohne dass wir ahnen, was wir da tun. Das ist mir zu blöd. Ich wüsste auch gar nicht, wo ich da anfangen sollte.

Ich möchte stattdessen eine kleine, traurige Geschichte erzählen. Sie hat nur am Rande etwas mit Risiko zu tun. Eher damit, dass man viele Dinge im Leben einfach nicht vorhersehen kann und hinterher immer schlauer ist.

Wir alle lieben doch Heißluftballons. Wie sitzen an einem warmen, klaren Sommerabend mit Freunden auf dem Balkon oder auf der Terrasse im Garten, und plötzlich sagt einer von uns: «Guck mal, da oben ist ein Heißluftballon!» Die Lautlosigkeit, mit der diese friedlichen Giganten über unserer Nase entlangsegeln, erfüllt uns mit Wärme und Frieden.

Was wir nicht ahnen: Für Schweine kann der ganze Zauber den sicheren Tod bedeuten.

Ich habe mal eine Zeit lang in Aachen gelebt. Dort beschäftigte eines Sommers folgender Vorfall die Lokalpresse: Ein Heißluftballon, der von Köln kam, verlor über Düren aus ungeklärten Gründen massiv an Höhe. Der Pilot versuchte, den absackenden Ballon durch einen Gaseinschuss zu stabilisieren, was ihm auch gelang. Allerdings verursachte die Aktion einen heftigen Knall, und zwar unglücklicherweise direkt über einem Gehöft mit Schweinezucht. Siebenunddreißig Schweine fielen, wie vom Schlag getroffen, zu Boden und waren sofort tot. Über diesen unerfreulichen Vorfall wurde ausführlich berichtet, aber der ethische Aspekt wurde dabei völlig unterschlagen. Siebenunddreißig Schweine mussten sterben, und niemand hat gefragt, warum.

Ich würde nie so weit gehen, Heißluftballonfahrer zu potenziellen Schweinemördern zu erklären. Ich möchte aber dennoch festhalten: An jenem Sommerabend in Düren mussten siebenunddreißig Schweine einen sinnlosen Tod sterben, nur weil sich ein paar Menschen einen schönen Tag machen wollten. Schon aus Gründen der Pietät sollten wir in Zukunft mit dem Begriff der Risikogruppe weniger leichtfertig umgehen.

Apropos Risiko. Wieso sitze ich hier eigentlich um halb drei Uhr morgens und habe mir noch keine ernsthaften Gedanken darüber gemacht, wie ich fliehen könnte? Es gibt doch immerhin einen Balkon neben mir und einen unter mir. Und in den dazugehörigen Wohnungen befinden sich Menschen, die man mit heftigem Scheibentrommeln dazu bewegen könnte, die Tür zu öffnen. Gut, von hier aus auf den benachbarten Balkon zu steigen ist nicht ganz risikofrei. Aber man könnte doch zumindest mal darüber nachdenken. Zwölf Meter Höhe sind zwar kein Pappenstiel, aber sicher eine Chance.

«Riiisiiikooo!» Ich lehne mich weit über die Brüstung und sehe nach unten. Die Leute sind anscheinend noch wach, vielleicht sehen sie fern. Nur eine Etage tiefer, und ich wäre frei. Ich muss mal darüber nachdenken.

11 Swing

2 Uhr 59: noch 9 Zigaretten

Ich war nie gut in Turnen. Um eine Stange wirbeln, Handstand in der Luft machen, abstoßen und mit gestreckten Beinen wieder aufkommen – nein, das ist nichts für mich. Ich habe auch Höhenangst, ab ein Meter fünfzig wird mir schwindelig.

Den Abstand zum Balkon unter mir finde ich jetzt allerdings nicht dramatisch, das wäre schon zu packen. Das Problem sind nur die zwölf Meter bis zum Boden, die aber ja nur dann zum Tragen kommen, wenn ich abrutsche. Sie sind also eher ein psychologisches Problem. Ich muss mir einfach vorstellen, der Balkon vom Dirk wäre im ersten Stock.

Ich atme tief durch. Mit beiden Händen stütze ich mich auf dem Geländer ab und sehe nach unten. Ich habe jetzt ein gutes Körpergefühl. Ich setze mich auf die Brüstung, halte mich am Geländer fest und lasse die Beine baumeln. Vorsichtig lasse ich mich nach unten gleiten. Ich stelle mir vor, dass ich nicht zwölf Meter über dem Boden, sondern nur knapp darüber hänge. Ja, das ist gut, das fühlt sich sicher an.

Was wollte ich als Nächstes tun? Ich wollte mich behutsam und geschmeidig auf den unteren Balkon fallen lassen. Ich hatte die Vorstellung, dass ich einfach nur loslassen müsste und dann sicher landen würde. Das ist natürlich Unsinn. Wenn ich jetzt loslasse, schmiere ich relativ unbehutsam und wenig geschmeidig aus etwa zwölf Meter Höhe ab. Ich muss den Winkel verändern. Ich muss das Ganze hier als eine Übung am Reck begreifen. Ja, genau, ich hänge mit beiden Händen am Reck und schwinge ein bisschen hin und her. Wenn ich einen günstigen Winkel erreicht habe, lasse ich einfach los und lande – hoffentlich – auf dem Balkon unter mir, vor einem fremden Wohnzimmer.

Gar nicht so einfach, zu schwingen. Wie macht man das eigentlich? Ich versuche, mit den Füßen auszuholen, in der Hoffnung, die Schwingungen übertragen sich auf den Rest meines Körpers. Nichts passiert. Scheiße, langsam werden meine Arme schwer. Ich muss mir einen Ruck geben, aber es gelingt mir nicht. Wenn ich ehrlich bin, hänge ich gerade wie ein nasser Sack am Geländer eines Balkons im fünften Stock und weiß nicht mehr weiter. Meine Arme fangen an zu schmerzen, lange halte ich das nicht mehr aus. Außerdem bekomme ich Angst. Ich könnte ja abstürzen und mir Prellungen und Blutergüsse zuziehen. Zwölf Meter sind kein Pappenstiel. Ja, ich habe Angst.

Als suchtkranker Mensch muss ich jetzt erst mal eine rauchen. Keine günstige Ausgangsposition. Ich lasse mit der einen Hand das Geländer los und greife in meine Sakkotasche. Ich öffne die Schachtel, ziehe eine raus und stecke sie mir in den Mund. Dann greife ich in meine linke und rechte Hosentasche nach dem Feuerzeug – Scheiße, dass man sich nie merken kann, in welcher Hosentasche man es hat – und zünde mir endlich eine an.

So, das wäre erst mal geschafft. Gar nicht schlecht für den Anfang. Meine Lage ist nicht optimal, aber ich fühle mich gut. Ich hänge zwölf Meter über dem Boden, rauche und fange an zu schwingen. Zwar nicht in die gewünschte Richtung zum rettenden Balkon hin, aber immerhin parallel dazu. Und vor allem: Es geht mir gut. Ich schwinge gern. Ich spüre eine erstaunliche Leichtigkeit, ich schwinge hin und her und wieder hin und fühle mich wie ein Orang-Utan.

Ich verstehe jetzt den Orang-Utan, ich verstehe, warum er diese uglaubliche Souveränität ausstrahlt, während er schwingt. Wie er völlig angstfrei die Stange loslässt, sie mit der großen Zehe sofort wieder umkrallt und cool weiterschwingt, beinahe teilnahmslos, bis sich ihm ein neuer Halt bietet.

Nach einem besonders gelungenen Schwung hake ich mich mit der großen Zehe an der Balkonbrüstung ein und lasse vorsichtig los. Huuiii! Wie wild schwinge ich von links nach rechts. Tatsache, das hält! Ich klemme mir meine Zigarette hinters Ohr, stecke mir den Daumen in den Mund, kratze mich am Bauch und habe plötzlich keine Angst mehr. Wer zwölf Meter über dem Abgrund schwingt, hat keine Angst.

Das Einzige, was mich in meiner neuen Existenz als Orang-Utan stören würde: dass mich die Leute ständig angaffen würden und ich nicht rauchen dürfte. Da wären die Wärter sicher gegen. Schwingen ohne zu rauchen – nee, ohne mich. Außerdem: Die Begeisterung über diese neue Erfahrung nutzt sich doch relativ schnell ab, stattdessen macht sich nach wenigen Minuten Ernüchterung breit. Es ist drei Uhr morgens, ich hänge an einem Balkon im fünften Stock und habe keine Ahnung, ob und wann ich hier wieder wegkomme. Ich verfüge nur noch über neun Zigaretten. Außerdem nähert sich gerade die nächste Gewitterfront, die zwischen Hagel und Graupelschauer so ziemlich alles im Programm zu haben scheint. Mein Hals kratzt, meine Stirn fühlt sich heiß an, und ich bekomme einen Krampf im großen Zeh.

So kann ich gar nicht nachdenken. Ich werfe die Kippe weg, hole erneut Schwung, um mich jetzt wieder mit beiden Händen am Geländer festhalten zu können, ziehe mich hoch und klettere auf den Balkon zurück. Als Erstes kratze ich mich am Zeh. Das tut gut.

Ich glaube, Raucher verdrängen ihre Angst. Ich habe noch nie mit einem Raucher über Angst gesprochen. Ich kann mich überhaupt nur an eine Situation erinnern, in der das Thema mal kurz aufkam. Es war beim Pokerspielen, wir waren acht Spieler, die zehn Stunden lang in einem geschlossenen Raum gesessen und geraucht haben. In der einen Nacht wurden bestimmt dreihundert Zigaretten durchgezogen – nicht dass ich stolz darauf wäre, ich wollte nur mal darauf hinweisen, dass es so etwas heutzutage noch gibt. Irgendwann kam das Gespräch auf Grippe und Erkältungserkrankungen, und einer der Spieler erzählte, wie er mal wochenlang unter gereizten Atemwegen gelitten und – dabei sah er mich über die Gläser seiner Brille direkt an – natürlich Schiss bekommen habe.

Ich fand daran zwei Dinge bemerkenswert. Erstens, dass er ausgerechnet mich dabei ansah, und zweitens die Formulierung «natürlich Schiss». Besser lässt sich der Versuch eines Mannes, einem anderen Mann seine Gefühle mitzuteilen, wohl nicht auf den Punkt bringen. Was er mir eigentlich sagen wollte, war: «Ich rauche, und ich liebe und hasse es zugleich. Es ist mir das Schönste auf der Welt, aber ich habe auch wahnsinnige

Angst davor, dass mich ausgerechnet das, was ich so sehr liebe, eines Tages umbringen wird. Es ist so eine absurde und verzweifelte Situation. Normalerweise kann ich es ganz gut verdrängen, aber es braucht eben nur einen kleinen, lächerlichen Auslöser wie einen trockenen Reizhusten, und schon packt mich die nackte Panik. Ich habe Angst, Todesangst, und ich weiß nicht, wohin damit. Es ist aber auch Wut dabei, Wut und Enttäuschung über mich selbst, dass ich es nicht geschafft habe und vermutlich auch nie schaffen werde, aufzuhören oder zumindest einen Weg zu finden, besser damit zu leben. Stattdessen verdränge ich, rauche ich und lebe mit einer Angst, die ich eigentlich nicht ertragen kann. Ich kann nicht mehr, ich brauche Hilfe, ich brauche jemanden, mit dem ich zumindest mal darüber reden kann, ach was, reden, jemanden, der mir sagt, dass es ihm manchmal auch so geht, das würde mir schon helfen. Jemanden, den ich anrufen kann, wenn ich wieder mal nicht weiterweiß. Und ich glaube, du könntest so jemand sein.»

Das war es wohl, was er mir mit seinem «natürlich Schiss» mitteilen wollte. Und ich konnte absolut verstehen, was er meinte, weil es mir genauso geht. Aber: Ich bin auch nur ein Mann, und diese Nähe von Mann zu Mann war mir eindeutig zu viel. Ich wollte das nicht. Ich fühlte mich unangenehm berührt. «Natürlich Schiss» – so genau wollte ich es dann doch nicht wissen. Ich fühlte mich, als ob er mir seine warme, verschwitzte Hand auf den Oberschenkel gelegt hätte.

«Ja, ja, da kriegt man natürlich schnell Schiss, wer hat als Letzter erhöht?», fragte ich, und es wurde ganz normal weitergespielt.

Ich glaube, ich gehe noch ein bisschen schwingen. Huuiii! Jetzt Handstand auf dem Geländer, kräftig abstoßen, Salto, Landung. Ich lege den Kopf auf die Seite, kratze mich an der Schläfe und sehe mit großen dunklen Augen in die Nacht.

12 Aufhören, sofort aufhören!

3 Uhr 30: noch 8 Zigaretten

Es gibt wohl kaum Raucher, die nicht wenigstens einmal in ihrem Leben darüber nachgedacht haben, aufzuhören. Gar nicht mal so sehr aus Angst, eher aus Überdruss. Manchmal gibt es ja solche Situationen: Du hast bis sechs Uhr morgens geraucht und getrunken. Und nachdem du die letzte Zigarette mit unsicherer Hand ausgedrückt hast, denkst du: Nee, nie wieder. Ist ja ekelhaft. Will ich nicht mehr. Das ist im Grunde ein guter Zeitpunkt, um aufzuhören. Der Gaumen brennt, die Birne dröhnt, die Augen stehen schief, und die Hände zittern. Du verbringst den Samstag im Bett, in einer Verfassung, die sowieso nicht gerade zum Rauchen auffordert. Eine Art grippaler Zustand, den man nur mit viel Schlafen und Fernsehen übersteht.

Der Sonntagmorgen ist dann der erste Test und gleichzeitig der erste Tag in der Vorhölle. Ich habe das ein paarmal ausprobiert: Es beginnt mit einem grundsätzlich positiven Körpergefühl, etwas verschwitzt, etwas müde, ich drehe mich nochmal auf die Seite und versuche weiterzuschlafen. Ich bin müde und angeregt zugleich. Mein Körper entspannt sich, aber meine Psyche fängt an, erste Anzeichen von Nervosität zu zeigen. Meine Lungen weiten sich, meine Schädeldecke hebt und senkt sich mit jedem Atemzug. Ich drehe mich auf die andere Seite und schlafe wieder ein. Das ist gut. Nicht so gut: Gegen halb drei wache ich wieder auf, todmüde und hellwach, völlig außer Atem. Meine Schädeldecke ist weggeflogen. Meine Haut kribbelt, meine Muskeln fangen an zu kitzeln, gar nicht mal unangenehm. Ich bin so klar im Kopf wie noch nie, kann aber trotzdem nicht denken. Meine Gedanken fliegen mit meiner Schädeldecke im Raum herum und drehen lustige Pirouetten. Ich lege mich auf die andere Seite und schlafe wieder ein.

Kurz vor dem «Tatort» wache ich auf, reibe an meiner Haut und knete mir die Muskeln. Meine Lungen weiten sich so sehr, dass sie kurz davor sind zu platzen, und meine Schädeldecke schießt zum Himmel. Ich krümme mich, umschlinge meine Beine. Als ich wieder aufwache, habe ich das T-Shirt nass geschwitzt, und der «Tatort» ist längst vorbei. Ich mache den Fernseher aus und starre durch das Fenster auf die Straßenbeleuchtung.

Als ich das nächste Mal aufwache, ist es früher Morgen. Ich bin wieder nass geschwitzt, aber mein Körper fühlt sich so ruhig und entspannt an wie schon lange nicht mehr. Mein Kopf ist völlig klar, trotzdem dreht sich alles. Am späten Vormittag wache ich wieder auf und fühle mich schon viel besser, nur dass ich nicht aufstehen will. Ich weiß, alles wird gut, wenn ich einfach nur liegen bleiben könnte bis ans Ende meiner Tage.

Die Probleme fangen an, wenn ich aufstehe und wieder in mein altes Leben zurück muss. Mich lähmt die üble Ahnung, dass jetzt alles anders wird: Wenn ich wirklich Ernst machen will, kann ich nicht in mein altes Leben zurück. Nie wieder. Es ist entsetzlich. Ich weiß nicht, wie mein neues Leben aussehen wird, und das macht mir Angst. Mein neues Leben. Was soll das sein? Ich ahne, dass mein neues Leben ohne Zigaretten ein Leben ist, das nichts mehr mit mir zu tun hat. Will man ein Leben leben, das nichts mit einem selbst zu tun hat?

Der Entzug ist gerade unter Mühen und Schmerzen bewältigt, und schon denke ich über den Rückfall nach: So fühle ich mich, wenn ich versuche, mit dem Rauchen aufzuhören.

Einmal habe ich wirklich gedacht, dass vielleicht alles nur an diesem Scheißnikotin liegt und Pflaster mir den Übergang in mein neues Leben erleichtern könnten. Der erste Tag, an dem ich die Dinger ausprobierte, fing schon mal extrem unangenehm an. Ich wachte auf und wollte aus dem Fenster springen. Ich drehte mich um und schlief sofort wieder ein. Als der Wecker klingelte, wollte ich wieder aus dem Fenster springen, riss mich aber zusammen, ging duschen, zog mich an, ging zur U-Bahn und biss mir auf dem Weg zur Arbeit unauffällig in den Daumennagel. Der ersten Konferenz wohnte ich schweigend, schwitzend und Hände knetend bei. Danach ging ich in mein Büro, fischte ein Pflaster aus meinem Aktenkoffer, legte es in die Innentasche meines Sakkos und ging damit auf Klo.

Was mir gefiel: wie schnell das Zeug wirkte. Was mir nicht gefiel: heimlich aufs Klo zu gehen, den Oberarm freizulegen und mit hektischen Handbewegungen das Nikotinpflaster darauf zu kleben. Ich kam mir vor wie ein Hauptbahnhofsjunkie, und das mochte ich nicht. Im Übrigen benötigte ich die höchste im freien Handel verfügbare Nikotindosis plus zehn Zigaretten, um einigermaßen über den Tag zu kommen.

Der ganz harte körperliche Entzug ist nach ungefähr drei Tagen durchgestanden. Dann fängt der Ärger an oder, wie es Rolling-Stones-Gitarrist Keith Richards nach einem Entzug einmal formuliert hat: *«It's three days of climbing walls and then you're on your own.»* Das ist das Problem. Die drei Tage kriegt man irgendwie rum, ist zwar kein Spaß, aber drei Tage sind nun wirklich keine Ewigkeit. Aber genau diese Ewigkeit, nie mehr rauchen zu dürfen, liegt nach drei Tagen erst vor einem, und da wird es wirklich unlustig.

Einmal ist es mir gelungen, nach den ersten drei Tagen noch drei Wochen trocken zu bleiben. Wenn ich ehrlich bin, habe ich drei Wochen lang allein in meiner Wohnung auf einem Stuhl gesessen und auf den Teppichboden gestarrt. Arbeiten konnte ich nicht, sprechen auch nicht, ich wollte keinen Menschen sehen. Lesen war mir zu fad, fernsehen zu anstrengend. Es war, als ob man mir den Strom abgedreht hätte. Körperlich ging es mir gut, ich fühlte mich gesund, konnte frei atmen – ich hatte das sichere Gefühl, wieder einen Normalzustand erreicht zu haben. Nur dass ich den nicht mochte. Ich wollte nichts mehr, ich wünschte mir nichts herbei, sehnte mich nach nichts. Es gab nichts, was mich reizte, was mich lockte, worauf ich geil gewesen wäre, keinen Abgrund und keine dunklen Seiten, keine Ambitionen, kein Verlangen, keine Sucht: Es ging mir gut, ich war okay, alles so weit in Ordnung.

Und genau so wollte ich nicht leben. Ich will nicht nach Hause gehen, nur weil es schon halb zwei ist und ich am nächsten Morgen früh rausmuss. Ich will nicht nein sagen, wenn jemand, den ich gern habe, vorschlägt, komm lass uns noch einen trinken, nur weil es schon halb drei ist. Und ich will auch nicht nach Hause gehen, wenn mich jemand so ansieht, wie mich noch nie jemand angesehen hat, nur weil es halb vier ist. Ich will so nicht leben.

Das war meine Rechtfertigung, als ich nach drei Wochen, auf den Teppichboden starrend, meine erste Zigarette rauchte. Ein mächtiger Impuls raste vom zentralen Nervensystem abwärts in die Zehenspitzen. Dort sprudelte heiße Erregung, die ein wenig vor sich hin kribbelte und dann über Beine und Magen die Lunge hinauf bis unter die Schädeldecke schoss. Es war, als ob ich nach einem langen Marsch durch eine eisige Winterlandschaft mit blau gefrorenen Zehen, tauben Händen und schmerzender Stirn ein von innen erleuchtetes, beheiztes Landhaus erreicht hätte, mir endlich die klammen Stiefel ausziehen und es mir mit einem Drink und einer schönen Zigarette in einem Ohrensessel vor dem offenen Kamin gemütlich machen dürfte. Das hört sich kuschelig und beschönigend an. Ist es auch. Ich finde, wenn man schon krachend gescheitert ist, dann sollte man es sich im Moment der Niederlage wenigstens so gemütlich wie möglich machen.

Aber vielleicht hat mir ja auch nur die richtige Motivation gefehlt. Vielleicht hätte ich mir auch nur Tag für Tag vor Augen führen sollen, wie viel Geld ich spare, wenn ich nicht rauche.

Wie viel Kohle habe ich in meinem Leben wohl nur fürs Rauchen durch den Schornstein gejagt? Ich habe im Augenblick sowieso nichts Besseres zu tun, also:

Ich bin jetzt seit achtundzwanzig Jahren Raucher. Im Durchschnitt habe ich 3 Euro am Tag für Zigaretten ausgegeben. Macht etwas über 1000 Euro im Jahr, also circa 28 000 Euro insgesamt. Gehen wir der Einfachheit halber mal von 5 Prozent Zinsen pro Jahr aus: Im ersten Jahr hätte ich also 1050 Euro raus, im zweiten Jahr, Moment, ich muss kurz rechnen, nochmal 1000 Euro drauf, macht 2050. 5 Prozent von 2050 Euro, das sind … Also 1 Prozent wären 10 Euro 50, 5 Prozent 7 Euro 50, total 1057 Euro 50. Im dritten Jahr kämen nochmal 1000 Euro drauf, macht 3057 Euro 50. 5 Prozent von 3057 Euro 50 sind …

Das muss doch irgendwie einfacher gehen, da gibt's bestimmt einen Trick, so was wie Dreisatz. Vielleicht muss ich einfach nur 28 Jahre mal 5 Prozent rechnen, das wären 140 Prozent drauf, bei 28 000 Euro also gut 38 000 Euro, wären 66 000 Euro. Das kann aber nicht stimmen, die 5 Prozent beziehen sich doch immer schon auf die Summe, bei der schon 5 Prozent Zinsen drauf sind, deswegen heißt es doch Zinseszins.

Das darf echt nicht wahr sein, ich kann keine Zinsrechnung. Das lasse ich nicht auf mir sitzen. Ich werde diese Nuss hier und jetzt, auf diesem Balkon, ohne Hilfsmittel, nur kraft meines Intellekts knacken. Also, nach dem ersten Jahr habe ich 1050 Euro, nach dem zweiten 2075 Euro und 20 Cent. Fünf Prozent von 2075 Euro und 20 Cent, eine Scheißaufgabe, aber da muss ich jetzt durch. Ein Prozent wären, da muss ich doch praktisch nur ein Komma verschieben, 20 Euro und 75,2 Cent. Mal 5 macht 103,85 Euro, glaube ich jedenfalls.

50, 57,80, 108,50 …? Ich kann da beim besten Willen keine Gesetzmäßigkeit entdecken. Oder habe ich mich verrechnet? Sind ja auch verschärfte Bedingungen hier draußen. Ich bin immer noch barfuß, meine Socken sind noch nicht ansatzweise wieder trocken, und der nächste Tiefausläufer aus Island rollt schon wieder an. Auf jeden Fall ist klar, dass man bereits vom zweiten zum dritten Jahr einen exponentiellen – oder heißt das exponentialen? –, auf jeden Fall einen gewaltigen Sprung macht. Hübsches Sümmchen, das da zusammenkommt. Wenn sich meine Zinsen bereits vom zweiten zum dritten Jahr praktisch verdoppeln, dann ... Ich müsste nochmal das vierte Jahr ausrechnen, dann wäre es bestimmt noch klarer. Wenn ich nur nicht so eine heiße Birne hätte.

Ich muss mich zusammenreißen, 5 Prozent von 3108,50 Euro: Komma verschieben, 1 Prozent ist 31 Euro 08, mal 5 ist 155,40 Euro. Mensch, das ist ja schon dreimal so viel. Muss man das so rechnen? Im dritten Jahr dreimal so viel, im vierten Jahr viermal so viel?

Ich wüsste schon gerne, was ich im vierten Jahr raushätte. Das juckt mich richtig. So ein leichtes Ziehen im unteren Bauchbereich, fühlt sich beinahe ein bisschen wie verknallt an. Das Problem ist nur, dass mich diese Scheißrechnerei derart erregt hat, dass ich dabei unkontrolliert geraucht habe. Mist, nur noch acht Zigaretten. Ich muss sofort aufhören – mit dem Rechnen. Über den Daumen gepeilt, sage ich jetzt mal: 120 000 Euro in achtundzwanzig Jahren. Kann stimmen, kann auch nicht stimmen.

Was würde ich mit 120 000 Euro anfangen? Mein Schleusengeld nach Rumänien zahlen und kurz vor der Grenze noch drei Stangen Marlboro kaufen. Nein, stopp, das ist ja nicht nötig, ich hätte das Geld ja nur, wenn ich nie geraucht hätte. Ich glaube, ich kriege gleich wirklich Fieber. Wahrscheinlich würde ich mir einen Porsche und eine Eigentumswohnung kaufen. Komisch, hätte ich nie von mir gedacht. Im Grunde mache ich mir nichts aus Autos. Und eine Eigentumswohnung wollte ich auch nie, weil die Eigentumswohnungen, die mir gefallen, in Deutschland trotz flauer Konjunktur mittlerweile bei

800 000 Euro anfangen. Für 120 000 Euro kriege ich ja gerade mal einen Stellplatz für meinen Porsche, den ich mir dann aber schon nicht mehr leisten kann, weil ich die Kohle bereits für den Stellplatz rausgehauen habe.

Porsche, Zinseszins, mir rauscht die Birne. Wo bin ich hier eigentlich? Ich habe 120 000 Euro durch den Schornstein gejagt und kann mir nicht mal einen Stellplatz für meinen Porsche leisten.

Wo sind eigentlich meine Socken? Da hängen sie, über dem Balkon. Schön kalt und feucht fühlen sie sich an. Ich lege sie mir auf die Stirn. Das tut gut.

Die letzte Zigarette hat mir gar nicht geschmeckt. Vielleicht sollte ich mal eine Zeit lang mit dem Rauchen aufhören. Wenn nicht bald ein Wunder geschieht, muss ich das ohnehin. Noch fünf Zigaretten. Fünfeinviertel plus Zinseszins. Fünfeinhalb Zigaretten, Gibt's ja gar nicht. Schöner Quatsch, dieser Zinseszins.

13 Das schwierige Gespräch

3 Uhr 57: noch 5 Zigaretten

Meine Stirn muss ganz schön heiß gewesen sein. Die Socken sind auf der einen Seite fast getrocknet. Ich fühle mich auch schon besser, die alten Hausmittel sind doch immer noch die besten. Im Grunde habe ich mich auf dem Balkon ganz gut eingerichtet, so, als ob ich mich auf einen längeren Aufenthalt gefasst machen müsste. Außerdem habe ich einiges gelernt in dieser Nacht, zum Beispiel, dass ich nie wieder so unkontrolliert rauchen werde wie vorhin. Man sollte nur die Zigaretten rauchen, die man wirklich rauchen will. Die anderen, die man aus Langeweile, Verdruss oder purer Gewohnheit raucht, sollte man einfach weglassen. Ein guter Vorsatz, so wird's gemacht und nicht anders. Hatte ich mir das nicht schon mal vorgenommen? Ja, ich erinnere mich. Und dann kam es zu folgendem Telefonat:

«Hallo?»

«Ich bin's.»

Sie ist dran.

«Hi.»

Sie sagt nichts. Ich sage:

«Bleibt doch bei heute Abend, oder?»

«Ich weiß nicht», sagt sie.

«Wie, du weißt nicht?»

Erster, alarmierter Griff zur Zigarette, anzünden, anrauchen, durchatmen, ausatmen. Was ist da los?

«Ich weiß nicht.»

«Du weißt nicht, *wo* wir uns treffen oder *ob* wir uns treffen?»

Pause.

Auch Pause. Wer jetzt raucht, kann die Stille besser aushalten. Es ist ganz wichtig, die Antwort abzuwarten und nicht selber weiterzufragen.

«Ach, ich weiß im Moment eigentlich gar nichts mehr.»

Das führt zwar nicht weiter, ist aber immerhin eine klare Ich-Botschaft. Man muss sie ein paar Augenblicke lang für sich stehen lassen und nicht gleich zerreden. Die erste Zigarette ist jetzt fast runtergeraucht. So, ausdrücken, gerade hinsetzen, räuspern.

«Hat es irgendwas mit mir zu tun?»

«Ich weiß nicht, ja, nein, vielleicht.»

Die innere Zerrissenheit, die dieser Satz verrät, sollte unbedingt unangetastet bleiben, sonst kann man das Gespräch gleich abbrechen. Es gilt, weiterhin Ruhe zu bewahren, auch wenn's schwer fällt. Die zweite Zigarette hilft dabei ganz erheblich. Ruhig einatmen, lang ausatmen.

«Verstehe.»

«Das glaube ich nicht.»

Aha, daher weht der Wind. Jetzt ruhig zügiger rauchen.

«Was glaubst du nicht?»

«Dass du mich verstehst.»

«Dass ich dich generell nicht verstehe oder in dieser konkreten Situation nicht oder was?»

Das hört sich pissig an und war auch so gemeint. Nur

weil ich eine offene, freundliche Gesprächsführung bevorzuge und auch anbiete, muss ich mir ja nicht alles bieten lassen. Dabei scharf und genervt aus einem Mundwinkel ausatmen und die zweite Zigarette kräftig ausdrücken, nicht wütend, aber entschlossen.

«Hör mal, wenn du dich streiten willst, lass uns ein andermal telefonieren.»

Gar nicht mal so unraffiniert, die Ich-Botschaft an einen Vorwurf zu koppeln. Kurz überlegen, dritte Zigarette. Jetzt versöhnlich rauchen, ruhig ziehen, Rauch lange halten, einlenkend durch die Nase ausatmen.

«Ich will mich nicht mit dir streiten. Ich weiß bloß nicht, was du hast.»

Scheiße, der ist mir ganz blöde rausgerutscht. Den netten Abend kann ich mir von der Backe putzen. «Was du hast», wie konnte mir das passieren? Ich zünde mir die vierte an und stelle fest, dass die dritte noch im «Aschi» liegt und friedlich eine lange, kerzengerade Rauchlinie zur Decke zieht.

«Ich habe nichts, du musst dir wegen mir keine überflüssigen Gedanken machen.»

Erst mal die dritte ausmachen, aber vorher noch einmal dran ziehen, so. Die vierte ist zur Hälfte runter, noch etwas nachdenken. Ich sauge so heftig, dass mir, als ich sie aus dem Mund nehme, ein leichtes Schmatzen entfährt. Ich bin kurz davor, die Nerven zu verlieren. Erst mal nicht mehr rauchen und die Glut fixieren, das hilft, sich abzuregen und zu sammeln. So, jetzt kann's weitergehen, ich rauche die vierte auf und sage, während ich sie langsam und sorgfältig ausdrehe: «Ich mache mir keine überflüssigen Gedanken, ich finde nur unser Telefonat bis jetzt einigermaßen überflüssig.»

Ich bin dabei, meine fünfte Zigarette innerhalb von acht Minuten aus der Packung zu fischen. Gespräche wie diese ruinieren die Gesundheit, das ist die Wahrheit über das Rauchen.

«Endlich mal eine klare Aussage von dir.»

Jetzt reicht's mir. Wütend knalle ich die Packung auf den Boden, hebe sie wieder auf und ärgere mich über mich selbst. So geht man nicht mit seinen Zigaretten um. Ich zünde mir die fünfte an und gehe in der Wohnung auf und ab. Gespräche in diesem Stadium führt man sowieso lieber im Stehen, besser noch im Gehen weiter. Dann raucht man nicht so verkniffen und in sich zusammengesunken, sondern mit expressiven, ausladenden Armbewegungen.

«Pass mal auf: Du hast mir bis jetzt zu verstehen gegeben, dass du irgendein Problem hast. Vermutlich hat es mit mir zu tun, richtig?»

Rauschen. Lang anhaltendes Rauschen. Es rauscht in Wellen. Ich versuche, mich beim Ausatmen auf ihren Rhythmus einzugrooven. Irgendetwas muss ich ja tun. Jetzt mischt sich ein anderes Geräusch in das Wechselspiel der Wellen und des Atems. Es hört sich an wie ein leichtes Niesen, das in einem dicken, flauschigen Kissen erstickt wird. Weint sie etwa? Das habe ich nicht gewollt. Einerseits. Andererseits hat sie mir auch keine andere Chance gelassen. Gut, offenbar habe ich mich wie ein gefühlskalter Stoffel benommen. Während dieses Telefonats, aber vermutlich auch schon lange davor. Ohne es wissen.

Was mache ich jetzt? Sechste Zigarette, die ich so heftig ansauge, dass ich Rauch schlucke und von einer bösartigen Hustenattacke gebeutelt werde. Am anderen

Ende höre ich plötzlich ein vertrautes Geräusch. Sie hat sich auch eine Zigarette angezündet. Um sich wieder zu beruhigen?

Ich frage sicherheitshalber nach: «Alles klar bei dir?»

«Bei mir ist alles klar, bei dir bin ich mir da nicht so sicher.»

Sie lacht. Wieso lacht sie denn jetzt auf einmal? Ich hatte mir bis eben eine Frau am Rande des Nervenzusammenbruchs vorgestellt, die mir gerade ein nettes Date zerschossen hat.

Gekruschel und Zurechtgerücke am anderen Ende der Leitung, entschlossenes Ausatmen.

Sie sagt, mit völlig veränderter Stimme: «Pass auf: Wir kennen uns jetzt seit drei Wochen. Welche Art von Beziehung haben wir eigentlich deiner Meinung nach?»

Eine harte Frage. Hart, aber fair. Siebte Zigarette. Welche Art von Beziehung? Ich habe, ehrlich gesagt, nicht über die Art der Beziehung nachgedacht.

An diesem einen Abend, von dem wir uns beide nicht viel versprochen hatten, standen wir noch mit ein paar Leuten zusammen, und plötzlich sah sie mich an und sagte: «Na?» Das war zwar nicht besonders originell, aber irgendwas gefiel mir daran. Ich bemühte mich um eine qualifizierte und aussagekräftige Antwort, die ihr offenbar gefiel. Es ist manchmal schon bestürzend, auf welch armem sprachlichen Niveau sich Menschen ihrer Zuneigung versichern. Aber da ist unser Bildungssystem gefragt, und das ist nicht mein Thema. Von da an trafen wir uns regelmäßig, und ich fand alles ganz prima.

Aber welche Art von Beziehung wir führten? Ich hatte nicht darüber nachgedacht. Nicht aus Gleichgültigkeit, sondern weil manche Liebesgeschichten ja nicht mit einem großen Knall anfangen, sondern einfach so. Ich fühlte mich wohl, das war alles. Jetzt musste ich wohl nachdenken, und meine siebte Zigarette war schon lange aufgeraucht. Ich hatte sie nicht einmal ausdrücken müssen, sie war kalt am Filter verreckt.

«Das habe ich mich bisher noch nicht gefragt», antwortete ich offen und ehrlich und ohne zu rauchen.

«Aber ich frage dich jetzt.»

Sie klingt nicht problemorientiert, sondern eher vergnügt. Ich verstehe das nicht.

Die achte Zigarette. Ich rauche kurz und schnell und versuche, trotzdem nicht hektisch zu wirken. Ich sehe auf den nass gerauchten Filter, noch ein halber Zentimeter Tabak, die Glut ist schon fast erloschen, der Rauch kräuselt sich dünn.

«Ich bin gern mit dir zusammen», sage ich.

«Wie gern?»

Sie macht ein Geräusch, als ob sie beim Einatmen mit geschlossenen Lippen ein glucksendes Lachen unterdrückt. Offenbar hat sie jetzt massiv Oberwasser. Woher kommt das bloß?

Eine Frage, die zwingend die neunte Zigarette erfordert. Da ich in diesem Moment nicht gerade unter Nikotinmangel leide, erlaube ich mir, den ersten Zug grob wegzupaffen.

«Sehr gern.»

«Bevor ich dich angerufen habe, war ich noch mit einer Freundin aus. Die habe ich auch sehr gern. Meinst du das?»

Die neunte Zigarette brennt mittlerweile derart unangenehm in Mundhöhle und Rachen, dass ich würgen muss.

«Augenblick.»

Ich brauche einen Schluck Wasser. Zum ersten Mal in meinem Leben brauche ich einen Schluck Wasser. Das kannte ich bisher nur aus Film und Fernsehen.

«Bis du okay?», fragt sie.

«Ja, ja, ich hatte nur gerade so eine trockene Kehle.»

«Doch nicht etwa wegen mir.»

Ich sehe mich um und suche meine neunte Zigarette. Ich muss sie beim Wasserholen irgendwo abgelegt haben. Ich weiß beim besten Willen nicht mehr, wo, irgendwas hat mich völlig durcheinander gebracht, irgendwas, was sie gesagt hat. Was hat sie gerade nochmal gesagt? Ich weiß es nicht mehr, es war auch mehr die Art, wie sie es gesagt hat, ihre Stimme war auf einmal völlig verändert, diese Zigarette finde ich im Leben nicht wieder. Ich zünde mir eine neue an, die zehnte.

«Entschuldige, was hast du gerade gesagt?»

«Du sagtest, dass du eine trockene Kehle hast, und ich sagte: Ich hoffe, doch nicht wegen mir.»

Irgendwas hat sich jetzt in mir verändert, mein Blutdruck ist gestiegen, meine Herzfrequenz auch – kein Wunder, bei zehn Zigaretten in zwanzig Minuten. Aber da ist noch etwas. Ich spüre so ein Ziehen im unteren Bauchbereich, das ich von irgendwoher kenne.

«Bis du noch dran?»

«Ja, ja, natürlich.»

«Und?»

Ich lege meine Zigarette vorsichtig auf den Rand des «Aschis» und denke nach. Dieses Ziehen im Bauch. «Ich hoffe, doch nicht wegen mir.» Diese seltsam überlegene Art, mit der sie das gesagt hat. Ich höre in mich hinein. Das darf nicht wahr sein. Ich bin verliebt. Ich sehe ein paar Sekunden lang zu, wie sich meine zehnte Zigarette langsam am Rande des «Aschis» verabschiedet, und weiß, jetzt wird es ernst.

Ich sage: «Ich muss dir was sagen, aber dafür müssen wir uns sehen. Jetzt gleich.»

Sie sagt: «Prima, dann bis gleich. Ach, könntest du unterwegs vielleicht ein paar Zigaretten mitbringen?»

Selbstverständlich habe ich noch zwei frische, original verpackte Schachteln in der Schublade. Bevor ich das Haus verlasse, nehme ich noch einen Schluck Wasser, wegen der trockenen Kehle.

O Mann, ist das schön. Mit diesem großartigen «Ich hoffe, doch nicht wegen mir» in den Ohren sitze ich im Taxi, zwei Schachteln Zigaretten im Innenfutter, und die Nacht rauscht am halb geöffneten Fenster vorbei. Ich habe den Taxifahrer nicht mal gefragt, ob ich rauchen darf. Ich möchte auch gar nicht, obwohl der Augenblick es hergeben würde. Ich habe vorher genug geraucht, und ich würde gleich wieder rauchen. Ich fühle mich groß, ich fühle mich einzigartig. Ich bin der König der Nacht. Alle anderen Menschen sind entweder auf dem Weg nach Hause oder fahren zu einem anderen trostlosen Ort. Ich bin auf dem Weg zu der Frau, die eben noch gesagt hat: «Ich hoffe, doch nicht wegen mir.» Ich lasse die Fensterscheibe ganz runter, zünde mir jetzt doch eine an und lehne mich nach draußen.

«Ich hoffe, doch nicht wegen mir» – das wird der Dirk sicher sagen, wenn er heimkommt und ich ihm vorhalte, dass ich die ganze Nacht auf seinem Scheißbalkon gestanden habe.

Ich nehme einen beherzten Schluck Margaux. Damit ich keine trockene Kehle bekomme. Die Nacht war übrigens großartig. Wir haben sogar noch ein wenig geraucht.

14 Das Raubtier

4 Uhr 27: immer noch 5 Zigaretten

Was heißt hier, immer noch fünf Zigaretten? Halb fünf, und *nur noch* fünf Zigaretten! Das ist trostlos, trockene Socken hin oder her. Ich muss jetzt Maß halten, und das kann ich nicht leiden. Ich halte Maß, wann ich es will, und nicht, weil der Dirk oder widrige Umstände mich dazu zwingen.

Ich hatte bis gestern Abend eigentlich nie schlimmen Ärger mit Nichtrauchern. Die meisten von ihnen sind ja völlig normale Menschen, die nur umständehalber nicht rauchen. Problematischer sind Exraucher, die für eine Zigarette sofort ihre Mutter verraten würden, wie trockene Alkoholiker. Abends mit ihnen auf ein Bier zusammenzusitzen ist furchtbar anstrengend. Sie betonen auffällig oft, dass es ihnen überhaupt nicht zu verqualmt ist und dass es kein Problem für sie ist, wenn in ihrer Gegenwart geraucht wird, dass sie «überhaupt damit durch» sind. Außerdem fragen sie andauernd, wie es einem geht. Dabei haben sie minutenlange Aussetzer, verfolgen jeden Griff zur Zigarettenschachtel und zum Feuerzeug, jeden Zug, jedes kleine Kräuseln des Rauchs in der Luft und leiden Höllenqualen, wenn eine Zigarette achtlos ausgedrückt wird, obwohl noch ein paar Gramm Tabak drin sind.

Am liebsten würde man diese verzweifelten Menschen

in den Arm nehmen, weil man genau weiß, wie sehr sie leiden, aber man kann ihnen nicht helfen. Denn das Einzige, was ihre Qual lindern kann, ist sich eine Zigarette anzustecken, und genau das wollen sie in ihrem Leben nie wieder tun. Tragische Helden.

Gar nicht nette Exraucher, das sind so Leute wie der Dirk. Sie meinen, die Qualen ihres Entzugs nur ertragen zu können, wenn sie andere Abhängige mit der Nase zuerst in der Pfütze liegen sehen. Eine Haltung, die psychologisch erklärbar, menschlich aber äußerst unerfreulich ist.

Ein paar Tage vor dem legendären Essen von gestern Abend habe ich mich mit dem Dirk in einer Kneipe getroffen. Warum, weiß ich auch nicht. Den ganzen Abend dröhnte mich der Dirk auf so unerträgliche Weise mit seiner frisch erworbenen Freiheit zu, dass ich ihn in Versuchung führen wollte. Ich rauchte eine Zigarette mit zwei bis drei Zügen an, drapierte sie in einen Aschenbecher, entschuldigte mich und verschwand in Richtung Klo. Anstatt es zu betreten, verschanzte ich mich hinter einem Türpfosten und wartete, was passierte. Um es kurz zu machen: Es passierte gar nichts. So blöd ist selbst der Dirk nicht. So clever allerdings auch nicht. Als er wenige Minuten später seinerseits abschlagen ging, folgte ich ihm und beobachtete, wie er, ohne hinzusehen, mit der rechten Hand den Hosenstall öffnete und mit der linken, da sah er allerdings sehr genau hin, sein Feuerzeug gegen die Zigarette hielt und mit beängstigender Intensität ansaugte, wie ein Raubtier.

Nach vier, maximal fünf Zügen hatte er die Zigarette aufgeraucht, davon waren zwei Doppelzüge, also aus purer Geilheit angesaugt und durch die Nase ausgeatmet, während er schon den nächsten gierig inhalierte. Beim Abschütteln schnippte er die Kippe achtlos ins Pissoir. Stimmt schon, Raucher sind Schweine.

Jetzt, da mir diese Episode einfällt, bin ich mir auch absolut sicher, dass der Dirk mich vorsätzlich ausgesperrt hat, denn indem ich auf seinem Balkon rauchte, nahm ich ihm den ganzen Abend die Möglichkeit, dasselbe zu tun. Er war vermutlich so auf Entzug wie noch nie in seinem Leben, und der Typ, der ihm die Erlösung verweigerte, stand seelenruhig auf seinem Balkon und barzte genüsslich eine nach der anderen weg. Irgendwann muss der Dirk dann die Nerven verloren haben. Er hat die Balkontür zugesperrt und zum Aufbruch gedrängt. Und auf der nächsten Kneipentoilette im Stehen eine durchgezogen. Der arme Dirk.

Der Klassiker unter den Nichtrauchern sind natürlich Raucher, die öffentlich bekannt geben, dass sie aufgehört haben, in Wahrheit aber nur damit aufgehört haben, sich Zigaretten zu kaufen. Man nennt sie Schnorrer.

Was sind das für Leute? Ich muss es leider sagen: Es sind häufig Frauen, und zwar solche, die landläufig als gut aussehend gelten. Auffällig oft frieren sie, obwohl sie viel zu große Pullis tragen. Ihre kleinen Hände verstecken sie in den überlangen Ärmeln und nähern sich fröstelnd einer Gruppe von Rauchern. Wie zufällig gesellen sie sich dazu, sind irgendwie immer gerade in der Nähe, wenn geraucht wird. «Eigentlich rauche ich ja gar nicht mehr», sagen sie und kichern, schlagen ihre großen Augen nieder und warten, bis ihnen eine offene Schachtel hingehalten wird. Geschieht dies nicht, greifen sie selbst zu.

Dieser Augenblick, der zwischen Betteln und Stehlen

entscheidet, hat mich schon immer fasziniert. Grundsätzlich sind Raucher freundliche Menschen mit einem Gespür für die Bedürfnisse anderer. Sie lesen aus dem Satz «Eigentlich rauche ich ja gar nicht mehr» die Botschaft: «Hast du mal 'ne Zigarette für mich?», und antworten: «Ja, klar.» Es gibt aber auch andere Raucher wie mich, die sagen: «Hoppla, wen haben wir denn da? Eine Raucherin, die eigentlich gar nicht mehr raucht und es trotzdem auf meine kostbaren Tabakwaren (aktueller Packungspreis: vier Euro, früher: acht Mark) abgesehen hat?» Und die nur eine Zehntelsekunde Zeit haben, ihre Packung vor dem Zugriff dieser «Nichtraucherin» zu schützen.

«Eigentlich rauche ich ja gar nicht mehr, aber jetzt, wo ich schon einen kleinen Schwips habe, da tue ich mal was ganz Unerhörtes und rauche eine», kicher, kicher. Finger weg von meinen Zigaretten, ich habe gesagt: Finger weg! Ich habe nur noch fünf.

15 Gelbe Finger

4 Uhr 58: nur noch 4 Zigaretten

Zehn vor fünf ist eine richtig bocklose Uhrzeit, nicht nur, wenn man die Nacht alleine auf einem fremden Balkon verbringt. Mir ist langweilig. Wenn ich jetzt noch mehr Zigaretten hätte, könnte ich mir die Langeweile leicht vertreiben. Raucher können sich erstaunlich lange mit nichts anderem als Rauchen beschäftigen. Der Hausarzt eines Freundes sagte mir einmal, das Problem seien nicht die Zigaretten, die die Raucher wirklich gerne rauchen, sondern die, die sie aus Langeweile rauchen. Ein interessanter Gedanke, zumal aus dem Munde eines Hausarztes.

Er hat Recht. Wenn ich mir überlege, wie viele Zigaretten ich so manche Nacht vor dem Fernseher weggebarzt habe, so zwischen 22 und 2 Uhr, in der lächerlichen Hoffnung, dass noch irgendetwas von Belang passiert. Bis es so weit ist, raucht man halt. Es grenzt an Aberglauben. Ich weiß nicht, wie oft ich in meinem Leben schon auf schlechten Partys länger als nötig war und mit einem Glas Wein und einer und noch einer und dann noch einer Zigarette in der Hand, am Türpfosten lehnend darauf gewartet habe, dass noch irgendetwas passiert.

Mir ist immer noch langweilig. Faszinierend, wie sich am Ablauf zur Regenrinne ein kleines Rinnsal gebildet hat. Winzig klein nur, aber immerhin, das Wasser kann abfließen. Was liegt denn da unter den aufgeweichten Kartonfetzen des Margaux? Eine alte Illustrierte! Ich blättere darin und gucke mir die Fotos an. Schönes Heft. Ja was haben wir denn da? Unter der Rubrik «Gesundheit» ein Foto von einem vollen Aschenbecher, darüber der Titel «Gelbe Zähne». Sollte es sich hier tatsächlich um einen Beitrag zum Thema Rauchen handeln? Das wäre ja ein Ding.

«Deutschland riecht wie ein voller Aschenbecher, sagt Autor Claus» – den Nachnamen kann ich nicht lesen, die Schrift ist verschwommen. «Und plädiert für ein strenges Rauchverbot, wie in Italien.» Endlich mal einer, der offen sagt, was ihm nicht passt. Nicht so ein Schisser wie der Dirk. Und sogar mit Foto! Man sieht das Konterfei eines etwa fünfzigjährigen Mannes. Aber warum fordert Autor Claus ein *strenges* Rauchverbot? Wäre es nicht völlig ausreichend, ein Rauchverbot zu fordern?

Streng – das Wort habe ich schon lange nicht mehr gehört. Früher waren Eltern streng, man hatte strenge Lehrer. Mal angenommen, Autor Claus hätte Mundgeruch, dann könnte man sagen, er rieche streng, aber ein strenges Rauchverbot – wie in Italien? Na, ich will mich nicht an einem Wort aufhängen. Mal sehen, was Claus meint, bin echt gespannt.

«Der Passbeamte hat schlechte Haut, hinterm Ohr klemmt eine verkrumpelte Zigarette, bleich sitzt er in seiner kleinen Box am Frankfurter Flughafen und schaut in meinen Pass.» Ich würde auch bleich werden, wenn ich Passbeamter wäre und mir das Passfoto von Autor Claus ansehen müsste.

«Dann gibt er mir den Ausweis zurück, mit gelben Fingern.» Das ist ja ekelhaft! Bleich und gelbe Finger! Das geht aber nun wirklich nicht. Wenn ich ins Ausland reise, sehe ich mir auch zuerst die Finger des Passbeamten an. Sie sind so etwas wie die Visitenkarte einer Nation, die Finger. Ich finde, Passbeamte sollten vor Dienstantritt dem Schichtführer ihre Finger vorzeigen, und wer gelbe hat, kriegt – zack! – mit dem Lineal eins übergezogen und wird sich am nächsten Morgen zweimal überlegen, ob er Einreisenden wie Autor Claus nochmal ihren Reisepass mit gelben Fingern zurückgibt. Weiter, Clausi:

«Herzlich willkommen in der Fluppenrepublik Deutschland!»

Fluppenrepublik! Ich könnte wiehern! An dir ist wirklich ein Werbetexter verloren gegangen! Fluppenrepublik! Wo ist dir das denn eingefallen? Bestimmt auf dem Klo, da kommen einem ja ohnehin immer die besten Ideen.

«Wenn man nach einem längeren Aufenthalt in zivilisierten Ländern nach Deutschland zurückkehrt, sticht als Erstes der Gestank in die Nase. Das Land mieft wie ein großer, voller, jahrelang nicht geleerter Aschenbecher.»

Nee, Claus, das war jetzt aber ein echter Rohrkrepierer. Denk doch mal nach! Gibt es das überhaupt, dass Aschenbecher *jahrelang* nicht geleert werden? Nein. Und selbst wenn: Nach Jahren stinken ungeleerte Aschenbecher doch gar nicht mehr. Aber das nur nebenbei, ich bin begeistert, wie anschaulich und witzig du schreibst. Weiter.

«Unsere Politiker riechen das nicht, sie sind abgestumpft wie die Menschen, die auf philippinischen Müllbergen geboren werden, 47 Jahre lang leben und dann dort sterben. In Deutschland, Tschechien und Paraguay ist Rauchen noch richtig cool. Alle qualmen, meine Geschwister, meine liebsten Freunde, meine Kollegen. Aber warum mir ins Gesicht?»

Mir wird schwindelig. Tschechien, Paraguay, Philippinen. Ich habe den Faden verloren.

«Neulich, im Oman, machte ein Herr am Nebentisch seine Zigarette wieder aus, als er sah, dass ich noch aß. Er lächelte. Glücklicher, zivilisierter Oman!»

Jetzt weht es mich aber eisig an. Ich wusste, dass der Mann auf dem Foto, unter dem «Autor Claus» steht, mich an etwas erinnert hat. Der Mann strahlt irgendwie etwas Koloniales aus. «Der Herr am Nebentisch» macht seine Zigarette aus, als er sieht, dass Autor Claus noch isst. Und lächelt. Großartige Menschen, diese Eingeborenen, von Natur aus von schlichtem Verstand, aber mit einer bemerkenswerten Intuition ausgestattet. Sie erkennen sofort, wen sie vor sich haben: Autor Claus. «Neulich, im Oman» hört sich übrigens original so an, als ob ein Außenminister eine Anekdote einleitet. Ist das am Ende vielleicht dein heimlicher Traum, Claus, Außenminister zu werden, wo du doch so weit rumkommst und die Welt so gut kennst? Ich höre schon Ulrich Wickert in den «Tagesthemen» verkünden:

«Bei der UN-Sicherheitskonferenz im Oman forderte Bundesaußenminister Claus saubere Finger für Passbeamte an internationalen Flughäfen – weltweit.» Ein starkes Signal aus Deutschland. Ich muss mal, ich meine, zurück zum Text. Wie hat der nochmal aufgehört?

«Er lächelte. Glücklicher, zivilisierter Oman! Da würde sich ein Berliner Raucher doch lieber sein letztes Bein amputieren lassen, als im Restaurant auf seinen Stängel zu verzichten! [...] In Berlin geht das so: Da saß ich mit dem ehemaligen Chefredakteur einer großen Boulevard-

Zeitung zu Tisch, er paffte Zigarren, die so groß waren wie ein Maserati-Auspuff. Ich esse noch, er qualmt schon, aber unhöflich will er nicht sein: ‹Sie gestatten doch?›, sagt er.»

Mensch, Clausi, ein Leben führst du, eben noch im Oman, jetzt schon wieder zurück in der Hauptstadt, zum Essen mit dem ehemaligen Chefredakteur einer – nee, nicht nur einer, sondern einer großen Boulevard-Zeitung. Verrückt.

Weiter im Text: «In der Paris-Bar, wo man sehr eng sitzt, bat ich mal den Nebenmann, er möge seine Zigarette doch aus meinem Gesicht nehmen. Da hielt er mir einen Vortrag über den Nichtraucher Hitler, und im Übrigen sei man hier im freien Westen und nicht in Schwarzeneggers Kalifornien. Wahrscheinlich hielt er seine gelben Schafszähne für ein Signal der Lebensfreude. Mir ist völlig wurscht, wenn sich die Deutschen totrauchen.»

Oh.

So ist das also. Das ist dir wurscht. Da haben wir richtig unterschiedliche Auffassungen, Claus. Ich finde es immer traurig, wenn jemand stirbt, egal, ob er Raucher war oder nicht. Aber was würde ich empfinden, wenn du an Darmkrebs erkranken würdest? Wenn die Metastasen in die Lunge streuten, was zu einem besonders langen und qualvollen Tod führen kann, wie ich den Packungsbeilagen entnehmen kann? Wäre mir das wurscht?

Nein, Claus, es wäre mir nicht wurscht. Wenn dein Darmkrebs Metastasen in die Lunge streuen würde, dann täte es mir Leid. Es würde der Mehrheit der Menschen Leid tun. Mehr habe ich nicht zu sagen. Nur dass mir kalt geworden ist. Und dass ich das Wort «wurscht» nicht mag.

16 «Das ist krass!»

5 Uhr 11: noch kümmerliche 3 Zigaretten

Die Wolken hängen immer noch schwer über dem Balkon. Aber mir ist jetzt etwas wärmer, und ich bin ganz wach. So weit also alles in Ordnung. Bloß, wer sagt mir eigentlich, dass der Dirk heute noch wiederkommt? Könnte doch sein, dass er vor ein paar Stunden die Liebe seines Lebens getroffen und jetzt, genau in diesem Augenblick, den ersten Sex mit ihr hat. Keine angenehme Vorstellung, aber ist das auszuschließen? Für die nächsten drei Tage würden die beiden das Bett nicht mehr verlassen, kennt man doch. Und ich kann hier auf dem Balkon verschimmeln. Ohne Zigaretten. Auf die Feuerwehr müsste ich nicht mehr hoffen, die Nachbarn verachten mich ohnehin, und die deutsche Presse interessiert sich bestimmt nicht für den letzten Raucher. Meine einzige Hoffnung wäre die ausländische Presse, der Deutschland-Korrespondent eines Landes, in dem noch völlig normal geraucht wird. Nur für einen solchen Journalisten hätte meine Situation etwas Exotisches, etwas, was eine Reportage oder ein Live-Interview lohnen würde.

Und schon bin ich wieder bei den Rumänen. Vlahid Fiascu, ein blitzgescheiter und hoch engagierter Volontär aus dem Deutschlandbüro des rumänischen Nachrichtensenders «Hadschi», hat mich nach langer Suche auf dem Balkon vom Dirk aufgestöbert. Gerade lässt er sich und seinen Kameramann mit einem Minikran zu mir hochfahren. Vlahid Fiascu sieht aus wie der junge Albert Einstein und hat Kaffee und Kekse dabei. Er raucht filterlose Zigaretten, die beim Ziehen knistern wie trockenes Stroh. Er ist erst Ende zwanzig und hat schon vergilbte Finger. Gut, dass Fiascu Journalist geworden ist und nicht Passbeamter. Er gibt seinem Kameramann ein Zeichen und stellt die erste Frage:

«Wie gett?»

«Im Augenblick nicht so gut, ich konnte seit Tagen nicht rauchen.»

Vlahid reicht mir sofort eine Packung Zigaretten. Schnelle, unbürokratische Hilfe. Rumänien wird mir immer sympathischer.

«Hier, ist gutte.»

Vlahid gibt mir Feuer, ich nehme einen Zug und bin mir eine Zehntelsekunde später sicher, dass meine Lunge explodiert. Mit einer außerirdischen Reizhustenattacke würge ich den Rauch hervor, ich bin kurz davor, mich zu erbrechen. Bei dem Versuch, die Filterlose von meinen trockenen Lippen zu lösen, bleibt ein Teil davon am Mund kleben. Vlahid klopft mir auf den Rücken und lächelt glücklich.

«Sage, ist gutte! Wie gett?»

«Danke, jetzt geht's mir schon besser.»

«Habe ich erste Frage: Wer hat gegen Rauch in Deutsch und warum?»

«Wenn ich das wüsste. Ich bin nur Konsument.»

«Lebst du hier, rauchst du hier, musst du Ahnung haben!»

«Spekulieren kann man viel, aber Sie wollen doch sicher Fakten hören.»

«Gut, andere. Wer ist miese Peter?»

Was mir peinlich ist: Ich kann diesem reizenden Menschen keine Erklärung geben. Was mir noch peinlicher ist: Ich hätte gern noch eine. Ich sag's jetzt einfach.

«Schwierige Frage, könnte ich vielleicht noch eine Zigarette bekommen?»

Vlahid reicht mir die ganze Packung hin.

«Kannst du alle haben, sind gutte. Konkret: Wann fing an, miese Peter?»

«Ich glaube, es begann in den späten achtziger Jahren. Ein schreckliches Jahrzehnt: schlechte Musik, furchtbare Frisuren, und allen ging es viel zu gut.»

«War nicht so eine gutte bei uns.»

«Ich weiß, aber hier ging es allen so prächtig, dass man sich fragte: Was können wir tun, damit es uns noch besser geht? Man übernahm zwei Trends aus Amerika, wo schon damals praktisch niemand mehr rauchte: Aerobic und die Ernährungswissenschaften.»

«Trends wie Killer?»

«Genau. Aerobic versprach: Du kannst ein Leben lang jung, fit und gut drauf sein. Die Ernährungswissenschaften versprachen: Wenn du weißt, was ‹gesund› bedeutet, wirst du nie krank werden.»

«War eine gutte?»

«Im Prinzip ja. Es ist nichts dagegen einzuwenden, wenn Menschen Sport treiben und wissen, wie man sich gut ernährt. Aber diese Trends wurden zu einer Art Ideologie, was im Umkehrschluss bedeutete: Du kannst alles dafür tun, um ein Leben lang jung und schlank zu bleiben, also ist, wer krank wird, selbst daran schuld. Er hat gegen sein besseres Wissen seine Gesundheit aufs Spiel gesetzt und sich daher nicht zu beklagen, wenn er die Konsequenzen tragen muss.»

«Das ist krass!»

«Kann man wohl sagen.»

«Konkret: Wer hat gegen Rauch und warum?»

«Da kommen wir zu der Legende vom Passivrauchen.»

«Was ist Passiv von Rauch? Ist ‹geraucht›, richtig?»

«Nein, damit ist gemeint: Trotzdem kriege ich alles ab. Es bedeutet, dass man schon von dem Rauch, den jemand anderes beim Rauchen ausatmet, krank werden kann, auch wenn man selbst nicht raucht. ‹Wissenschaftliche› Studien belegen, dass Menschen, die über einen längeren Zeitraum hinweg Tabakqualm ausgesetzt sind, bestimmte Krankheiten bekommen. Und seit diesen Studien haben die Nichtraucher, die Ärger wollen, ein unschlagbares Argument: Raucht euch doch zu Tode, aber lasst unsere Gesundheit bitte unangetastet. Und jetzt ist es so weit gekommen, dass sich der Staat einmischt.»

«Müsst ihr haben starke Opposition.»

«Ja, das wäre schön. Aber das Problem ist, dass sich die Raucher selbst passiv verhalten. Es gibt praktisch keinen Widerstand.»

«Sind Passiv-Rauche?»

«Ich glaube, dass die meisten Raucher mit einem großen Widerspruch leben müssen: Einerseits könnten sie kotzen, weil sie diskriminiert werden, andererseits wissen sie, dass es auch nicht so ganz ohne ist, wie sie seit Jahren leben. Und dieser Widerspruch macht sie beklommen und still.»

«Wie gett Spruch im Bunte Tag?»

«Wird nicht diskutiert. Das Gesundheitsministerium

hofft auf sinkende Raucherzahlen und erhöht gleichzeitig die Tabaksteuer.»

«Ist bescheuert oder was?»

«Na ja, wenn die Rechnung aufgeht, können sie sagen, dass sie die Anzahl der Raucher um so und so viel Prozent gesenkt und gleichzeitig die Gesundheitskassen entlastet haben. Das würde sich schon ganz gut machen.»

«Wie ist in Kasso?»

«Nicht so doll. Nach der letzten Tabaksteuererhöhung hofften sie auf 250 Millionen mehr, hatten aber tatsächlich 500 Millionen Euro weniger.»

«Muss in Ruck trete?»

«Nee, nee, die machen ganz normal weiter.»

«Musst du machen Provokation.»

«Soll ich mich an einen Automaten ketten lassen, oder was?»

Vlahid Fiascu gibt seinem Kameramann ein Zeichen, dass der offizielle Teil des Interviews beendet ist. Er winkt mich näher zu sich heran und spricht halblaut.

«Kette ist billige Agitation. Musst du machen Provokation, musst du rauchen.»

«Aber ich rauche doch schon!»

Fiascu sieht seinen Kameramann an und macht eine Geste, die vermutlich besagt, dass er die Deutschen noch nie verstanden habe. Der Kameramann winkt desinteressiert ab und raucht.

«Bist du freier Mensch, lebst du freies Land, kannst du rauchen.»

«Ja, aber das ist doch genau das Problem.»

«Musst du machen Problem!»

«Ich will aber keine Probleme machen. Ich will in Frieden leben und rauchen.»

«Bist du weiche Ei oder was?»

«Soll ich Bomben legen oder was?»

«Bist du weiche Ei, musst du bleiben Balkon.»

«Herr Fiascu, was meinen Sie denn jetzt eigentlich?»

«Musst du immer rauchen, wo kein Wunsch.»

«Und dann?»

«Machst du Provokation, hast du Diskussion, bekommst du Revolution.»

«Und wo soll das enden?»

«Ist Risiko, ist klar, ist normal bei Revolution. Gett gut: Kannst du rauchen. Gett nicht gut: Kannst du nicht rauchen.»

«Ich glaube, das ist mir zu gefährlich. Darf ich Sie auch mal was fragen?»

«Bist du willkommen.»

«Bei Ihnen in Rumänien wird doch noch ganz normal geraucht, oder?»

«Ist ganz normal.»

«Und welche Berufsaussichten haben Zuwanderer?»

«Normal: Taxi.»

«Und welche Aussichten hätte ich im Bereich Journalismus? Ich habe ein abgeschlossenes Hochschulstudium, ein Volontariat und erste Berufserfahrungen vorzuweisen.»

«Kannst du Ruman?»

«Nein, leider nicht.»

«Fährst du Taxi.»

«Kann ich da während der Arbeitszeit rauchen?»

«Hab ich gesagt, ist normal.»

«Nehmen Sie mich mit?»

«Hast du Visa, kommst du mit.»

«Und wenn ich keins habe?»

«Hast du Geld?»

«Ja, Geld habe ich.»

Vlahid Fiascu macht seinem Kameramann ein Zeichen. Er schaut sich nach rechts und links um, dann hievt er mich in seine Krankapsel, und weg bin ich. Auf dem Weg zur Grenze nimmt er mich in den Arm, drückt mich und spricht tröstende Worte.

«Hast du Plan von Bukarest, kannst du Taxi fahren, kannst du rauchen.»

Dirk, du kannst nach Hause kommen, wann du willst. Ich brauche dich nicht mehr. Ich habe neue Freunde gefunden und eine neue Heimat. Ich fang nochmal ganz von vorne an.

17 Freie Demokraten

5 Uhr 49: nur noch 2 Zigaretten

Ich sitze jetzt auf dem Balkonboden, lehne mich gegen das, was vom Zitronenbaum übrig geblieben ist, schmauche eine und betrachte den Himmel. Was mich versöhnt: Ich mag es, zu dieser Uhrzeit auf dem Balkon zu sitzen, zu rauchen und den Himmel zu betrachten. Ich habe das als junger Mann oft gemacht.

Mit zwanzig war ich Zivildienstleistender in einem anthroposophischen Altenheim. Rückblickend war es der schönste Job, den ich je in meinem Leben gemacht habe. Das war 1983, damals konnte man in Deutschland noch ganz normal rauchen. Natürlich war es bei den Anthroposophen nicht wirklich erwünscht, aber es wurde akzeptiert.

Die Frühschicht begann um sieben, und um kurz nach neun durften sich die rauchenden Angestellten ins Treppenhaus zurückziehen. Es war dort recht zugig, und wenn jemals die Formulierung «stinkt eklig nach kaltem Rauch» auf jemanden zugetroffen hat, dann auf uns, wenn wir nach der Pause zu den Alten zurückkehrten. Großartige Leute, zum Beispiel eine Dame, die aus verarmtem ungarischen Landadel kam. Sie war knapp einen Meter neunzig groß, hatte langes weißes Haar und war taub, verwirrt und schwer alkoholabhängig. Mit anderen Worten: Ich mochte sie. Umso peinlicher war es mir, dass ich ihr, nach kalter Asche stinkend, das Frühstück servieren musste. Einmal reichte ich ihr das Tablett mit übertriebenem Abstand und wollte mich zügig entfernen, da sah sie von ihrem Kreuzworträtsel auf und winkte mich zu sich. Ich zierte mich, aber sie ließ sich nicht beirren, also trat ich an ihr Bett. Als ich mit dem Kopf ganz nah an ihrem Ohr war, sagte sie: «Das ist gut, junger Mann, das ist sehr gut. Sie riechen so männlich!»

Nicht dass ich die Frauen meines Lebens auf die Ränge verweisen will. Das liegt mir fern, wirklich. Aber eine Frau, die so viel Klasse hatte, habe ich nie wieder getroffen.

Was würde sie sagen, wenn ich ihr erzählte, wie es heute um die Raucher steht? Sie würde die Stirn in Falten legen und mich entsetzt ansehen. Dann würde sie mich bitten, die Lehne ihres Bettes aufzustellen, und nachdenklich sagen: «Wie furchtbar! Dann werden Sie ja bald der letzte Raucher sein!»

Der letzte Raucher. Ich stelle es mir vor: Zigaretten werden schon lange nicht mehr an Kiosken oder Automaten verkauft. Der Packungspreis von neunundneunzig Euro für eine Schachtel mit drei Zigaretten, auf deren Hülle Fotos von Lungen-OPs und sterbenden Rauchern abgebildet sind und die beim Öffnen zunächst leichte, dann immer härter werdende Elektroschocks auslösen, hat die Tabakindustrie in den Schwarzmarkt getrieben. Eine Zeit lang kann ich Zigaretten noch auf Gebrauchtwagenmärkten als «Zugabe» bekommen («Unter dem Reserverad liegt eine Stange polnischer Marlboros, für viertausend kannst du sie haben, die Karre hat immerhin noch drei Wochen TÜV»). Später bekomme ich sie nur noch am Hauptbahnhof, unter großen

Schwierigkeiten, weil ich als Raucher selbst bei den Junkies unterste Schublade bin. Mein Dealer heißt Smokie und behandelt mich schlecht. Mal tut er so, als ob er mich nicht kennt, dann lässt er sich tagelang nicht blicken. Ich schleiche mich aus meiner Kellerwohnung am Stadtrand, ziehe mir die Kapuze meines Hooded-Sweat-Shirts tief über die Augen und fahre mit der U-Bahn in die Innenstadt. Am Hauptbahnhof hat Smokie niemand gesehen. Aber mit einem Raucher will ohnehin keiner was zu tun haben. Hinter einer Säule entdecke ich ihn endlich, ich schleiche mich von hinten an ihn ran, tippe ihn im Vorbeigehen auf die Schulter und treffe ihn schließlich am Pissoir. «Smokie», flüstere ich, «Smokie, hast du was für mich?»

Smokie sieht nach links und nach rechts und wispert dann mit Blick auf die Kacheln: «Ganz schlecht im Augenblick, ganz schlecht. Morgen kommt eine Lieferung aus Rumänien. Mal sehen, ob was dabei ist. Treffpunkt wieder hier?» Smokie tut so, als ob er abschüttelt, und wendet sich ab. «Aber versprechen kann ich nichts», sagt er im Hinausgehen.

Am nächsten Tag treffe ich Smokie wieder am Pissoir. Er macht einen gehetzten Eindruck.

«Alter», flüstert er, «es wird immer härter, ich hab eine für dich, aber ich weiß nicht, ob ich nochmal eine kriegen kann. Mann, ich sag dir, so hart war es noch nie.»

«Was kriegst du?», frage ich.

«Fünf», sagt Smokie tonlos.

Ich ziehe die Scheine aus der rechten Hosentasche und zähle sie mit Daumen und Zeigefinger ab. Das sind bestenfalls dreitausend Euro, das reicht nie und nimmer.

«Smokie, ich hab nur drei, das ist alles, was ich habe.»

Smokie wirft mir einen verächtlichen Blick zu. «Vergiss es.»

Ich überlege einen Augenblick, aber ich habe ja keine andere Wahl. Ich drücke Smokie die Kohle in die Hand, lege den Schlüssel meines 5er BMWs dazu, frage kurz: «Okay?»

Smokie sieht den Schlüssel geringschätzig an. «Okay, weil du es bist», sagt er und schiebt eine Packung Marlboro Lights rüber.

In diesem Augenblick wird die Tür eingetreten. Das Fensterglas zersplittert. Eine Einsatztruppe, bestehend aus ehemaligen Mitgliedern der GSG 9 und UN-Blauhelmen, die sich einem Nichtraucherprogramm zwangsunterziehen mussten, stürmt die Bahnhofstoilette und unterbindet die Transaktion. Smokie wird von einem Gewehrkolben im Genick getroffen und sackt zusammen, ich rutsche auf allen vieren unter einem der Smoke Busters hindurch und kann die kurzfristige Verwirrung zur Flucht nutzen. Ich renne die Treppe zur U-Bahn hinunter, auf den letzten Stufen sehe ich, wie sich die Wagentüren schließen, aber ich schaffe es gerade noch hinein. Ich ringe nach Luft und sehe mich um. Die anderen Menschen mustern mich argwöhnisch. Einer, der dem Dirk entsetzlich ähnlich sieht, wendet sich von mir ab, tippt eine Nummer in sein Handy, dreht sich nochmal zu mir um und sagt dann etwas, was ich nicht verstehe. An der nächsten Station springe ich aus dem Wagen und haste nach draußen. An der ersten Straßenecke will ich durchatmen, reiße meine Packung auf; als ich mir gerade eine anstecken will, flammt der Suchscheinwerfer eines Kampfhubschraubers mit der Aufschrift «Smoke Busters» auf, und ich, der letzte Raucher, stehe mit dem Rücken zur Wand, in der einen Hand die rumänische Marlboro, in der anderen das Feuerzeug. Ich bin am Ende. Sie haben mich.

«Der letzte Raucher und sein letzter Zug», würde Ulrich Wickert in den «Tagesthemen» kommentieren. «Aus Berlin ist jetzt zugeschaltet Guido Westerwelle, Vorsitzender der FDP. Guten Abend, Herr Westerwelle.»

«Guten Abend, Herr Wickert.»

«Herr Westerwelle, der letzte Raucher ist gefasst. Kann Deutschland jetzt aufatmen?»

«Nein, diese Bilder sind aus Sicht der Freien Demokraten nur ein weiteres Indiz für die gescheiterte Reformpolitik der Großen Koalition. Wir stehen für weniger staatliche Kontrolle und mehr Eigenverantwortung. Und wir werden nicht dulden, dass die Regierung von ihrer gescheiterten Reformpolitik mit populistisch aufgebauschten Nebenschauplätzen abzulenken versucht.»

«Will die FDP wieder Zigarettenautomaten aufstellen und das Rauchen in Gaststätten zulassen?»

«Darum geht es nicht, Herr Wickert. Die FDP ist weder eine Raucher- noch eine Nichtraucherpartei. Wir stehen für das eigenverantwortliche Handeln ...»

Ich muss eingeschlafen sein, schlecht geträumt haben. Westerwelle, mein einziger Fürsprecher. Scheiße. Das habe ich nicht gewollt. «Wir müssen wieder mehr Toleranz wagen», sagt Westerwelle. Mich schaudert, und meine Stirn fühlt sich schon wieder heiß an. Würde ich echt meinen 5er BMW für eine Schachtel rumänische Marlboros weggeben? Klingt absurd. Andererseits ist mein BMW schon fünfzehn Jahre alt, langsam wird er richtig teuer. Reparaturen und so. Ich muss das nochmal genau durchkalkulieren, wenn mein Fieber gesunken ist.

18 Tumulte und Lichterketten

6 Uhr 10: noch 1 Zigarette

Vielleicht hat Vlahid Fiascu Recht, und es ist wirklich an der Zeit, sich zu wehren. Vielleicht ist es notwendig, Leuten, die einem auf zugigen Bahnsteigen dumm kommen, vors Schienbein zu treten. Ihnen den Rauch direkt ins Gesicht zu blasen. Vielleicht müssen wir uns eine Zeit lang auf ihr Niveau begeben. Sie wollen ein unfreundliches, intolerantes, gereiztes Klima in unserem Land, bitte. Vielleicht brauchen wir erhitzte Debatten auf den Straßen, besser: auf den Bahnsteigen. Gepöbel, Geschubse, Tumulte.

Altkanzler Kohl hat während seiner Amtszeit ein einziges Mal etwas wirklich Vorbildliches getan, nämlich als er sich in Leipzig mit der Entschlossenheit eines Menschen, der nichts mehr zu verlieren hat, aus dem Pulk der Sicherheitsbeamten löste und mit seinem mächtigen Körper genau auf die Menge der johlenden Eierwerfer zusteuerte. Okay, das sah vielleicht nicht besonders elegant aus, war aber der einzige Weg, mit diesen Hosenscheißern umzugehen. Und ich wette, dass sich ein paar von den Eierköppen tatsächlich in die Hose gemacht haben, als 250 Pfund Pfälzer Hack mit Knochen auf sie zukam.

Vielleicht sollte ich ab sofort Raucher, die in der Bahn «Nichtraucher» buchen und mir mein Raucherabteil vollstinken, eigenhändig rauswerfen oder Leuten, die sich im Restaurant darüber beschweren, dass ich meine Zigarette in ihre Richtung halte, die Kippe im Essen ausdrücken, damit sie endlich mal einen richtigen Grund zum Mosern haben. Und vielleicht sollte ich ab sofort überall dort und immer dann rauchen, wann es mir passt. Schluss mit Demut und Toleranz. Ich will Ärger.

Das wäre großartig. Endlich würde der lang ersehnte Ruck durch unsere verschnarchte Republik gehen. Keine morgendliche Busfahrt mehr ohne Gemotze und Rangeleien. Auf den Bahnsteigen Rudelbildung und Geschubse, Anzugträger, die sich gegenseitig an der Krawatte ziehen, zu Fall bringen und sich wütend am Boden wälzen. Auf den Bürogängen würden sich Kollegen heimtückische Arschtritte verpassen. Betriebsräte würden nonstop tagen, Vorstände müssten vor die Presse treten. In Kneipen und Restaurants würden täglich «Saalschlachten» mit einer Selbstverständlichkeit stattfinden, die man sonst nur aus schlechten Western kennt. Der Unterricht an den Schulen würde bundesweit zum Erliegen kommen, weil Amok laufende Physiklehrer Schüler und Kollegen mit selbst gebastelten Elektroschockern in Geiselhaft genommen hätten.

Und dann müsste ein Generalstreik der Raucher her. Der rauchende Teil Deutschlands würde mal ein Jahr lang nichts tun, und noch besser: Der nichtrauchende Teil unserer Bevölkerung, der nichts gegen Raucher hat, würde sich solidarisch erklären. Unser gesamtes kulturelles und wirtschaftliches Leben würde ausschließlich von wütenden, muffigen Antirauchern bestimmt werden. Welche Filme würden in dieser Zeit produziert werden, welche Bücher veröffentlicht, was für Reden gehalten? Wie sähe unsere Werbung aus? Welche neuen

Produkte gäbe es auf dem Markt, und unter welchen Slogans würden sie angekündigt werden? Was für Ideen brächte unser Land hervor, mit welchen Leistungen würde es glänzen? Wie würde Deutschland dastehen in einer drogenfreien Zeit?

Und genau dann, wenn das gesellschaftliche Leben in Deutschland weitgehend lahmgelegt wäre, dann käme der Augenblick, in dem die Raucher allen Sesselfurzern, Wichtigtuern und Petzliesen dieses Landes «trotzdem» mit einer ganz großen Geste die Hand zur Versöhnung ausstrecken würden, mit vergilbten Fingern selbstverständlich. Wir würden uns im Vorgriff auf die Solidargemeinschaft aller Raucher auf die Tradition der Lichterketten besinnen und uns einen symbolträchtigen Termin ausgucken, wie er zum Beispiel auf einer Schachtel Marlboro Lights, Entschuldigung: Marlboro Gold steht. Moment, ich sehe gerade mal nach: Kohlenmonoxid: 7 mg, Nikotin: 0,5 mg, das wäre dann also der 7. 5.

An diesem siebtem Mai würden alle Raucher, von mir aus alle Raucher ab sechzehn, eine gigantische Menschenkette quer durch die Republik bilden, und um Punkt zwölf Uhr Mitternacht würden sie sich loslassen, dem Nebenmann oder der Nebenfrau Feuer geben und sich selbst Feuer geben lassen. Die Lichterkette würde einmal nach links ausschlagen, dann nach rechts, und anschließend würden alle Raucher einmal kräftig an ihrer Zigarette ziehen: rosa Punkte, die in ein intensives Dunkelrot übergehen und sich dann in ein entschlossenes Gelbrot verwandeln würden.

Zum Schluss würden die Raucher die brennenden Zigaretten über ihren Köpfen kreisen lassen. Raucher von Pfeifen, Zigarren oder Zigarillos wären selbstverständlich nicht zugelassen. Sich bei dem Gestank die halbe Nacht die Beine in den Bauch zu stehen ist ja beim besten Willen niemandem zuzumuten.

Nach diesem Symbol der Stärke und Geschlossenheit, nach dieser versöhnlichen Geste könnte man noch einmal ganz von vorn anfangen, von mir aus einen runden Tisch einberufen, an dem sich Vertreter aller Interessen treffen und einen Entwurf für eine neue Gesellschaft ausarbeiten würden.

Ich zünde mir meine letzte Zigarette an und übe schon mal die Kreisbewegung über dem Kopf. Vor der Fensterscheibe kann ich schön die Spur der Glut verfolgen. Sieht gar nicht mal so schlecht aus. So, jetzt vielleicht mal eine Acht vor dem Körper machen und dann ... Irgendwas schwankt da in der Acht, da bewegt sich was: Scheiße, der Dirk kommt nach Hause, ausgerechnet jetzt.

19 Whiskey sour

6 Uhr 58: keine Zigarette mehr. Gerade jetzt.

Wenn man sich im Leben etwas ganz stark wünscht und ganz lange gewartet hat, dass es in Erfüllung geht, dann ist man ja zunächst mal völlig überfordert, wenn es endlich so weit ist. So geht es mir jedenfalls gerade. Der Dirk ist nach Hause gekommen, und ich verstecke mich in der Balkonnische, statt entfesselt zu schreien und mit den Fäusten gegen die Balkontür zu trommeln. Mein Leben hat sich in den letzten Stunden völlig verändert, und ich brauche Zeit, um mich daran zu gewöhnen. Der Dirk ist wieder da. Was macht das mit mir? Ich horche in mich hinein. Der Dirk. Seltsam, ich kann ihm noch nicht mal böse sein.

Bei Geiselnahmen soll es doch das eigenartige Phänomen geben, dass die Geiseln mit ihren Entführern fraternisieren, weil das die einzige Möglichkeit ist, eine solche Ausnahmesituation zu ertragen. Leide ich unter dem Stockholm-Syndrom? So schlimm war die Nacht nun auch wieder nicht. Gut, das Wetter war etwas wechselhaft, aber ich hatte genug zu rauchen, und der Wein war echt okay. Oder denke ich das nur, weil ich jetzt bereits traumatisiert bin? Ich guck mal, was der Dirk so macht. Vorsichtig schleiche ich mich an die Balkontür und spechte in die Wohnung.

Der Dirk steht im Flur vor seinem Wandschrank, offenbar sucht er etwas. Jetzt hat er sich hingekniet und wühlt den ganzen Schrank von unten durch. Da, jetzt hat er etwas gefunden. Er ballt die Faust, schreit und schlägt sich mit beiden Händen auf die Oberschenkel. Jetzt wankt er ins Wohnzimmer.

Ja, was haben wir denn da? Der Dirk hat eine Zigarette zwischen den Lippen. Er hält sie in das brennende Feuerzeug, aber es gelingt ihm nicht, sie anzuzünden. Jetzt ändert er seine Strategie: Mit beiden Händen umklammert er das Feuerzeug und führt die Zigarette mit ruckartigen Kopfbewegungen an die Flamme. Ein Denkfehler, wie sich schnell herausstellt, denn sein Oberkörper schwankt wie wild von links nach rechts, und somit verfehlt er die Flamme immer um ein Haar.

Ich überlege schon, ob ich mich zu erkennen geben soll – der Mann braucht ja offensichtlich Hilfe. Jetzt versucht er etwas Neues: Er hält das brennende Feuerzeug ungefähr auf Höhe des Bauchnabels und neigt den Kopf so weit nach unten, bis die Zigarette die Flamme erreicht. Mensch, wenn das mal gut geht! Der Dirk hat zwar keine besonders langen Haare, aber trotzdem: Wenn der sich jetzt abfackelt, muss ich hier draußen tatenlos zusehen …

Gott sei Dank, der Dirk neigt den Kopf ein paar Grad nach vorne, gerät ins Taumeln und kann sich gerade noch mit der rechten Hand an der Tischkante abstützen. Jetzt kratzt er sich am Kopf und denkt nach. Setzt sich hin, stützt den linken Arm auf die Tischplatte, das Feuerzeug in der Hand, und führt den Kopf mit der rechten Hand langsam gegen die Flamme. Das funktioniert. Zwar wäre der Dirk beinahe mit der frisch entzündeten Zigarette im Mund auf den Tisch geknallt, aber er kann im letzten Augenblick seitlich ausweichen. Mann, der muss ja nach dem sparsam zugeteilten Pfälzer derartig nachgeladen haben.

Ich war auch nicht gerade abstinent heute Nacht, ich sehe in der Nische zwei leere Flaschen und eine dritte, die sich dem Ende zuneigt, aber ich fühle mich topfit. Beim Dirk hingegen geht motorisch offensichtlich gar nichts mehr. Ich glaube, ich muss mich mal bemerkbar machen. Wenn der Dirk mir jetzt einpennt, kann ich wirklich nur noch hoffen, dass Vlahid Fiascu kommt. Auf der anderen Seite ist es kein glücklicher Augenblick, um sich bemerkbar zu machen, jetzt, wo der Dirk heimlich raucht.

Oh, er ist aufgestanden, taumelt auf die Balkontür zu, öffnet sie, hält den Kopf an die Luft, stößt grob auf und stöhnt: «Mann, ist mir schlecht.» Der frische Morgenwind weht mir den Atem vom Dirk direkt in die Nase. Ich kann ganz klar sagen, dass der Dirk überwiegend Wodka getrunken hat und zum Schluss irgendwas in Richtung Whiskey sour. Außerdem bin ich gerade so etwas wie ein Passivraucher. Der Dirk hält sich mit der linken Hand am Türrahmen fest, die brennende Zigarette zwischen Zeige- und Mittelfinger, und der Rauch strömt in meine Richtung. Ich versuche, mit offenem Mund etwas davon aufzuschnappen. Mal sehen, was das mit mir macht ... Augenblick noch, nee, das war nichts, das ging daneben. So, jetzt habe ich richtig was abbekommen. Aber wieso kann ich keine Wirkung feststellen? Ich habe mir doch echt Mühe gegeben. Vielleicht bin ich übermüdet.

Da fällt mir ein, dass der Dirk doch gar nicht mehr rauchen wollte. Und ich habe keine Zigaretten mehr! Seine ist gerade mal angeraucht und keine fünfzig Zentimeter von mir entfernt. Ich muss nur zugreifen. Soll ich das machen? Warum eigentlich nicht? Der Dirk pennt doch schon halb im Stehen ein, der raucht die sowieso nicht mehr. Ich mache das jetzt einfach mal. Ich fasse die Zigarette knapp unterhalb des Filters und ziehe sie ihm vorsichtig aus der Hand. Fühlt sich eigentlich ganz schön an, könnte ich in mein Ich-rauche-bis-du-kommst-Repertoire übernehmen.

Mann, ist die stark. Das muss eine rote Marlboro sein, die habe ich schon seit Jahren nicht mehr geraucht, das packen meine Bronchien nicht mehr. Jetzt muss ich übel husten. Hoffentlich wird der Dirk nicht wach.

Doch, er wird wach. Er reißt den Kopf hoch, sieht sich um, erinnert sich offensichtlich an seine Zigarette und führt instinktiv die linke Hand zum Mund. Er saugt an seinen Fingern, da, wo er seine Zigarette vermutet, und kommt langsam zur Besinnung.

«Was machst du denn hier?»

«Die Balkontür war plötzlich zu, und ihr wart weg.»

«Ach so.» Der Dirk stützt sich am Türrahmen ab. Jetzt versucht er, einen Schritt zu gehen.

«Dirk, willst du dich nicht wenigstens aufs Sofa legen, ist doch kalt hier draußen.»

Der Dirk schüttelt den Kopf, aber ich weiß, dass man Menschen in seinem Zustand wie kleine Kinder behandeln muss. Bei kleinen Kindern hat es auch keinen Sinn zu fragen: «Willst du nicht mal langsam ins Bett gehen?» Sie werden immer den Kopf schütteln. Da muss man fürsorglich Initiative zeigen. Genau das mache ich jetzt auch. Ich führe den Dirk am Arm vorsichtig in seine Wohnung zurück.

«So, Dirk, da kommt eine kleine Stufe, ja, genau, gut

gemacht, jetzt pass auf, da ist die Tischkante, gleich haben wir's geschafft, jetzt kannst du dich hinsetzen, warte, ich lege dir noch das Kissen hin, so, ja, jetzt geht es dir gleich besser, soll ich dir noch einen Schluck Wasser holen?»

Der Dirk würgt etwas hervor, was ich als Zustimmung deute. Ich gehe in die Küche, hole ein Glas Wasser und sage im Zurückgehen: «Weißt du, Dirk, ich hatte heute Nacht ja genug Zeit zum Nachdenken, und was mich im Augenblick wirklich ankotzt, ist ...»

Ich glaube, ich sehe nicht richtig. Der Dirk hat die Augen zu und den Mund offen. Er schnarcht wie ein Igel.

Ich setze mich auf die Sofakante und sehe dem Dirk beim Schnarchen zu. Gelegenheit macht Diebe, sagt der Volksmund. Ich könnte dem Dirk meinen Zeigefinger in den Mund stecken, ihn ein wenig am Gaumensegel kitzeln und gucken, was passiert. Ich könnte ihm den Rest der dritten Flasche langsam in den offenen Mund laufen lassen – nein, das wäre gemein und wenig zweckdienlich. Was jetzt viel wichtiger ist: Ich habe keine Zigaretten mehr und, wie mir der geschulte Griff an die Hosentaschen verrät, kein automatenfähiges Hartgeld. Ob der Dirk was hat?

So etwas habe ich noch nie gemacht, ich meine, einem Mann in die Hosentasche zu greifen. Eigentlich ist mir das zu intim. Was weiß denn ich, wohin ich da fasse. Auf der anderen Seite ist es fast sieben Uhr morgens, Sonntag, und ich habe keine Ahnung, wo die nächste Tankstelle ist. Der nächste Zigarettenautomat ist direkt gegenüber, das weiß ich. Komm, sage ich zu mir selbst, reiß dich zusammen, so schlimm wird es schon nicht sein. Du hast heute Nacht wirklich Schlimmeres durchgemacht.

Ich stelle mich hinter den Dirk und lasse die Hände ganz vorsichtig in seine Hosentaschen gleiten.

Meine schlimmsten Befürchtungen werden bestätigt. Es fühlt sich unangenehm warm und lebendig an. Aber es hilft nichts, ich muss mich noch weiter vortasten. Meine rechte Hand zuckt zurück – der Dirk ist Rechtsträger. Jetzt muss alles ganz schnell gehen. Mit der linken Hand packe ich entschlossen zu, greife ein paar Münzen, und schon ist die Hand wieder draußen. Der Dirk schnauft einmal kurz und schläft sofort weiter. Ich kontrolliere meine Beute: Ein Zwei-Euro-Stück, ein Ein-Euro-Stück und fünfzig Cent. Das darf doch nicht wahr sein! Ich lege die Münzen auf den Tisch und greife in meine eigenen Hosentaschen. Das fühlt sich nicht gut an. Nochmal ganz tief rein fassen – da, da könnte was sein. Raus damit: fünfzig Cent! Wer sagt's denn.

Und schon bin ich draußen. Wo war der Automat nochmal? Genau, links raus und dann gleich wieder links. Hoffentlich geht der! Mal sehen. Zwei Euro: Rrrrrth, pling, klack. Gut. Ein Euro: Grrck, Pleng. Fünfzig Cent: Plöng. Die letzten fünfzig Cent: Wufff. Hängt. Nein! Bitte nicht nach dieser Nacht! Ich will den Automaten eintreten, aber ich weiß aus Erfahrung, dass das nicht sinnvoll ist. Zärtlich streichele ich das Gerät, gebe ihm mit dem Handballen einen sauber dosierten Stups, es macht schnirrrp, und der letzte Fuffi fällt durch den Schacht. Jetzt bloß keine unüberlegten Handlungen beim Ziehen, wenn der Schacht klemmt, war alles umsonst. Ganz vorsichtig, ja, komm … Gott sei Dank: kommt ohne Probleme.

Ich setze mich auf die Bordsteinkante, reiße die frische Packung auf, rieche daran, nehme eine raus und stecke sie mir zwischen die Lippen. Sauge ein paarmal daran. Ich hole mein Feuerzeug raus, werfe es in die Luft, fange es wieder auf und überlege, was ich als Nächstes tun werde.

Mensch, Mensch, Mensch, das war ja 'ne Nacht, könnte man glatt ein Buch drüber schreiben. Erst jetzt merke ich, dass die Sonne rausgekommen ist. Es ist fast wie an einem ersten richtigen Frühlingstag. Ich kann jetzt noch nicht nach Hause gehen. Ganz vorsichtig lasse ich mich nach hinten sinken und sehe in die Sonne, die Zigarette zwischen den Lippen, das Feuerzeug in der Hand.

Es geht mir so gut wie schon lange nicht mehr. Ich freue mich. Ich werde ein paar Freunde zum Essen einladen. Ich werde zehn Gänge kochen. Weil ich Lust darauf habe. Zehn Gänge: Crostini mit Auberginen-Tatar. Fenchelsuppe mit Zander. Rote-Bete-Carpaccio und Rindfleisch mit Minze und Sesam. Thunfisch mit Ingwer-Marinade. Süßsauer eingelegte Steinpilze. Blattsalat mit Bacon. Fleischsalat vom Tafelspitz mit Kürbiskernöl und Apfelessig. Die letzten drei Gänge überlege ich mir später. Und wer raucht, raucht, und wer nicht raucht, raucht nicht. Und ich werde mir ein Fahrrad kaufen und damit auf die nächste Fete fahren, freihändig, durch die dunkle Nacht, mit einer Zigarette zwischen den Lippen. Und ich werde mich wieder verlieben und mit oder ohne Zigarette durchdrehen vor Aufregung in den Stunden bevor ich sie sehe. Und laute Musik hören. *«Put some music on the radio and make sweet love to me.»* Und schwierige Telefonate führen und Zigaretten rauchen, die ich gar nicht rauchen will, Zigaretten «davor» …

Plötzlich kreischt eine Stimme direkt vor mir laut auf: «Bist du wahnsinnig?»

Ich mache die Augen auf und sehe einen Fahrradkurier. Ich muss mich auf den Radweg gelegt haben. Der Typ ist gerade so um mich herumgekurvt, dreht sich jetzt um und zeigt mir einen Vogel. Ich zeige zurück, brülle: «Riiisiiikooo!» und lege mich wieder hin. Ich werde erst an den Luganer See, dann nach Bukarest reisen, ich werde mir einen Bernhardiner kaufen und mit ihm zusammen Vlahid Fiascu besuchen, ich werde überhaupt viel bewusster leben, was heißt hier *viel* bewusster?, ich werde *noch* bewusster leben, so! Und jetzt werde ich mich ganz langsam aufrichten und mir überlegen, wie es weitergehen soll.

Ich sitze auf der Bordsteinkante, die Sonne scheint warm. Die Zigarette ist immer noch zwischen meinen Lippen. Ich werfe das Feuerzeug in die Luft und fange es auf. Ich werfe das Feuerzeug nochmal in die Luft und fange es auf. Ich werfe das Feuerzeug noch ein letztes Mal in die Luft und fange es auf. Es geht mir gut. Ich bin wieder da. Ich bin noch am Leben. Und ich kann immer noch machen, was ich will.

Ich bin frei.

Nachwort

Zuerst möchte ich mich ganz doll bei allen Dirks entschuldigen, vor allem bei denen, die ich kenne: Dirk, Dirk und Dirk – ihr seid nicht gemeint! Echt! Irgendwie musste der Typ in meinem Buch ja heißen, habe ich ihn halt Dirk genannt. Ich wollte, dass er mit «D» anfängt, weil «der Dirk» sich irgendwie kompakter anhört als «der Heinz». Obwohl Heinz, bzw. «der Heinz», auch nicht schlecht gewesen wäre, wie ich gerade merke. Detlev wollte ich nicht, klingt irgendwie schwul. Aber ich hab ja nichts gegen Schwule, sondern nur was gegen den Dirk. Alles sprach also für den Dirk. Und so viele Männervornamen, die mit «D» anfangen, gibt es komischerweise gar nicht. Donald oder Dragomir wären mir zu exotisch gewesen, nein, der Dirk war einfach zwingend.

Des Weiteren möchte ich ausdrücklich feststellen, dass dieses Buch keine Aufforderung zum Rauchen sein soll. Das würde ich nie tun! Gerade den jungen Menschen in unserem Land möchte ich zurufen: Fangt besser gar nicht erst damit an!

Was noch? Klar, der Typ auf dem Balkon ist nicht identisch mit dem Autor, ich habe nichts gegen Physiklehrer, obwohl ich in Physik weiß Gott keine Leuchte war, und was der Typ in dem einen Kapitel mit dem Spitz anstellt, finde ich persönlich hunde- und spitzverachtend, ich würde auch meinen Bernhardiner niemals zum Zigarettenholen schicken. Höchstens zum Rotweinholen, das können Bernhardiner viel besser, das lernen die bei der Bergwacht.

Selbstverständlich ist dies keine Auftragsarbeit von irgendeinem Tabakunternehmen, ich habe nie Geld von denen genommen, es ist mir auch nie welches angeboten worden. Obwohl ich schon der Ansicht bin, dass ich mir ein monatliches Deputat von ein paar Stangen redlich verdient hätte.

Ganz außerordentlich möchte ich mich beim Weingut Dr. Heger bedanken. Die machen da einen ganz vorzüglichen Grau- und Weißburgunder, dagegen schmeckt der Pfälzer vom Dirk wie saurer Regen. Der Heger hat mich über weite Strecken der Niederschrift begleitet und gefördert. Billig war der nicht, aber ich bin der Meinung, dass man bei der Niederschrift so eines Buches keinen schlechten Wein trinken sollte, das wirkt sich in der Regel unmittelbar auf die Textqualität aus, und der Leidtragende ist am Ende der Leser.

Ansonsten sitze ich schon an dem nächsten Buch, es ist sozusagen die Fortsetzung, nur dass es nicht mehr ums Rauchen geht. Natürlich wird auch wieder tüchtig geraucht und getrunken, aber der Held ist diesmal nicht auf dem Balkon ausgesperrt, sondern nachts bei seiner Freundin rausgeflogen. Es wird jedenfalls wieder eine ganz schön harte Nacht. In diesem Sinne, hoffentlich bis bald, herzlichst,

Ihr
Mark Kuntz

Über den Autor

Mark Kuntz wurde 1962 in Hamburg geboren, studierte Psychologie und lernte an der Henri-Nannen-Journalistenschule. Von 1990 bis 1994 war er Redakteur, von 1998 bis 2002 Stellvertretender Chefredakteur bei der Zeitschrift «Brigitte». Heute arbeitet er als freier Journalist und Autor. Mark Kuntz ist verheiratet, hat zwei Kinder, lebt in Hamburg und raucht seit Anfang des Jahres nicht mehr. Aber auch nicht weniger.